二見サラ文庫

偽りの神仙伝
——かくて公主は仙女となる

鳥村居子

C O N T E N T S

| Illustration |

zunko

序章

既に手遅れだった。

「姉さま……」

隆 昌《りゅうしょう》は村娘に扮《ふん》するために雑に結った髪を振りほどきながらも、もう一度、喉から声を張り上げる。

「姉さま、どこなの⁉」

戸内に入った瞬間、むせかえるほどの血臭に迎えられる。隆昌は顔をしかめた。

壁に手をかけると、粘ついた感触があった。まだ温かい。

酷《ひど》い有様だった。

月に照らされた僅かな光でも理解できる。無惨に破壊された壁に、打ち砕かれた家具、まるで竜巻が家の中を荒らしまわったようだった。

目につく部分はほとんど黒い血に染まっている。

床には人の千切れた手足が散乱していた。

この場所なら安全なはずだった。都の長安《ちょうあん》から離れた洛陽《らくよう》――華北《かほく》の中心に位置し、物資が集まる都市だ。唐《とう》より前、隋《ずい》の時代に開拓された大きな運河によって、物資の供給が容易になったからだ。比較的、生活するには困らない場所だ。姉である西城《さいじょう》と、隆昌は母が祖母である武則天《ぶそくてん》に殺されてからというもの各地に巡らされていた。

しかし、しばらくしたのちに、父の李旦《りたん》が隆昌たちの身を案じて洛陽の南部に位置する家屋に二人の居住を移したのだ。

父の李旦と父の兄——中宗《ちゅうそう》の皇后の韋后《いこう》との政治的闘争は苛烈《かれつ》さを極めていた。韋后とは中宗の妻であり、かの武則天の残した災いだ。韋后は不相応にも、女のくせに政権を奪おうと行動していた。その悪意は明らかに武則天の影響であった。武則天は恐ろしい女だった。邪魔な者ならば情をかけずに身内でも惨殺している。中宗の息子が皇帝となったが彼女の傀儡《かいらい》に等しく、韋后は彼女の真似をして中宗を毒殺してしまったのだ。皇帝になりたいと願ったために。

残酷な女だ。隆昌は韋后を危険視していた。父親だけではない、いつ大事な姉が巻き込まれるとも限らないからだ。

隆昌は幼い頃から父親に、ずっと武則天の残虐なる行為を聞かされていた。自分の地位を危うくさせる人間ならば例え血の繋《つな》がりのあるものであっても容赦はしない。自らを高めるためなら、血など関係ない。親子など関係ない。次々と殺していく。

そう、隆昌たちの母親を殺したのも武則天だった。

そんな武則天を見てしまえば、否《いや》が応にも家族を護《まも》りたい気持ちは高まっていったという。最愛の家族たちを護るためならば、どれだけ罵られても、嫌われても構わないと、父親はそう隆昌に告げていたのだ。

十五歳になってからというもの隆昌はそんな父親の考えを理解しはじめていた。いまや父親は武則天の影に怯《おび》える臆病者の烙印《らくいん》を押されていたが、それならそれで構わない。護りたい。護らなければ。ただ、その一心で。

「そう、動いていると信じていたのに、どうして？」

だが隆昌は同時に、そんな父親への想《おも》いがまやかしだったと初めて気付いたのだった。目の前の惨状を見れば、絶望で視界が暗くなる。

「どうして、私たちがここにいることがばれるのよ」

——そう、父さましか知らなかったはずなのに。

隆昌は拳を握り締めた。こんなことであれば、姉から片時も離れるべきではなかった。姉がずっと部屋に閉じ込められて、野花が見たい、とそう言ったから。

もはや姉の西城は生きてはいないだろう。隆昌は後悔の念も露《あら》わに、ゆっくりと足を踏み入れる。血臭が濃くなる。歩きにくい。人間の肉片が邪魔をしているからだ。

「うっ」

口元を手で押さえる。

「姉さま」

無駄だとわかっていながら名を呼ぶ。

崩れ落ちた瓦礫《がれき》に手をかけて、力なく何度も名を呼んだ。

「……そこに……誰かいるの……？」

か細い声だ。間違いない、隆昌は確信する。愛する姉の声だ。

声の聞こえるほうへ足を速める。

血溜《ちだ》まりの上に姉はいた。

全身を赤に染め上げて、少女は存在していた。隆昌は姉の様子に愕然《がくぜん》として足を止めた。

煌《きら》びやかに赤で統一され、大きく胸の開いた衣装、ふわりと広がった袖は金糸で竜模様の刺繡《ししゅう》がなされている。ゆったりとした布は腰元から足元まで包み込むように流れている。

綺麗《きれい》に結われていた髪も、今は崩れて見る影もない。金色に輝いていた髪留めは、一本も残っていなかった。

赤は富の色だ。誉れ高い、色彩のはずであった。

床は大量の赤い血で足の踏み場はない。

血の中心に西城は立っていた。手や髪先から血が滴っている。

「み、見つけた……ご、ごめんなさい。わ、わたし……さ、捜そうと思って……あちこち走っていたら……」

「いいの、いいのよ、姉さま」

隆昌は西城に駆け寄り、その身を抱き締めた。

「無事で良かったわ、どこにも怪我はない？」

——どうやってこの惨状の中、生き延びたのか。

疑念はあるが今はそれを問うている場合ではない。

西城は血まみれの自分を恥じるように身を捩《よじ》りながら言った。

「ええ、大丈夫、心配かけてごめんなさい」

「とにかくにも、ここは危ないから安全な場所に行きましょう」

そう西城に言った隆昌は唇を引き結んだ。

——安全な場所など、どこにもない。父さまの庇護《ひご》を待つしかない。

その力ない身が悔しくて、隆昌は今、できることを必死で考える。

「これから、どうするの？」

そう言って不安そうに見上げてくる西城に隆昌は慌てて微笑みかけた。

「姉さま、大丈夫よ、ちょっと待ってね」

隆昌は彼女の手を引いて建物の外に出る。空を仰ぎ見て、息を大きく吸い込んだ。匂いを嗅ぎ、風の動きを観察する。

そのとき、隣にいた西城が激しく咳《せ》き込んだ。

「急に……動いたから……ご、ごめんなさい」

苦しそうな彼女の声に隆昌は激しく首を横に振り、彼女の背中を撫《な》でた。

「いいえ、姉さまの体調を気遣えない、私が悪いの。ごめんなさい、もっとゆっくり歩けばよかったよね」

「いいえ、私のほうが……」

「大丈夫よ、姉さま」

隆昌は西城の肩を抱き、大きく安心させるかのようにうなずきながら口にする。

「もうしばらくすると嵐になるわ。だからそれまで、どこか廃屋で身を潜めましょう。嵐は逆に、私たちを護ってくれるから。今は時間を稼ぐことが重要よ」

「うん」

「私たちはずっと一緒だから」

そう言って隆昌は西城の細い身体を抱き締めた。

——父さまも兄さまも、誰も西城を護らなかった。

姉を護れるのは自分だけだ。そんな煮えたぎるような決意を胸に静かに沈めた。

◆

——そんな数年前の出来事を隆昌——玉真《ぎょくしん》は思い返していた。

武則天の孫娘、玉真の住まう道観《どうかん》と呼ばれる宗教施設は豪華絢爛《ごうかけんらん》な作りであった。屋根の周囲には下層の屋根があり、広く張り巡らされている。床も張り出していた。彩色は艶《あで》やかにほどこされ、建築物の周囲には白石の手すりが囲ってある。宮殿の主要なものは全て寄棟造《よせむねづくり》にするという決まりがあるため、周囲の建築物も同じ形状をしていた。

玉真は道観の一室に身を寄せている。紫色の寝台と簡素な化粧机と鏡台のみの質素な部屋だ。玉真はここで寝泊りをし、女道士として修行を積んでいる。

窓を開けているので、晩でも明るい。桐《きり》の木がまばらに位置しているため、光を遮らない。微風が心地よかった。

玉真は赤い蠟燭《ろうそく》に灯《とも》した火を頼りに、鏡台に映った己の姿を見る。月明かりに照らされた自らの姿はぼんやりと地味な様相を映し出していた。

切れ長で涼しげな瞳だ。顔立ちは大きく、桃色の唇はぷっくりと厚みを持っている。頬は柔らかい様で、顎は張っていた。広い額が目立つ。豊かな黒髪は頭上高く結われている。卑しき黒の上衣を纏《まと》っていて、腰から足まで、両脚の部分は二つに分かれた袋状の布で覆われていた。

玉真は頭上で結った髪をほどいた。長い髪が腰の辺りまで流れる。だが玉真はこのほうが好きだった。開放感で気持ちが楽になれるからである。

「さぁ、行きましょうか」

そう呟《つぶや》く玉真の後ろに人ならざる気配がぼうっと現れる。淡い灰色の色彩の道士服に身を包んだひとりの男だ。彼の顔立ちは眼福だ。端正な顔立ちながら、薄く化粧した目尻に、やや下がり気味な眼が特徴的だ。

地味な衣装で深い闇に佇《たたず》んでいながら、彼の周囲だけ淡く光が放っているような、そんな空気が存在している。結びもせずに流したままの長い髪が、より一層、彼の存在を神秘的なものに変えていた。そして彼の背後には白い驢馬《ろば》が控えている。

張果《ちょうか》、五大神仙の一人だ。よく彼はこうして気まぐれにも玉真の前に現れる。

彼は薄く笑いながら玉真に問いかけてくる。

「昔のことを思い出していたのかい」

「ええ、そうです」

「本当に後悔などしないのかい」

「愚問です。覚悟なら最初から決まっています」

玉真は彼のほうを見ないで口にする。

「私は姉さまを護るのよ。ただそれだけです。だから会いに行きましょう。今の私にとって、最も倒さなければいけない敵のもとへ」

そうして顎をゆっくりと上げながら口にしたのだった。

「私は神仙に選ばれし女道士になるの。誰も私に逆らえないほどに、輝かしい光になる。私は人を捨ててみせます」

そうでなければ、姉の身を護れない。玉真はこうなるまでのこと、まだ隆昌と呼ばれていた時期から静かに思い返した。

景雲《けいうん》元年、李旦は韋后を謀殺し、皇帝の座につく。睿宗《えいそう》の時代である。

武韋の禍と呼ばれた時代は終焉《しゅうえん》を向かえ、韋后の禍根《かこん》は取りのぞかれた。

だが、それは仮初《かりそめ》の世の理《ことわり》だった。表出した膿《うみ》が取り出されたところで、奥深くに沈んだ闇は残っている。その闇の真っ只中《ただなか》に、玉真はいるのだ。

玉真は巨悪な闇から姉を護らなければいけない。


これはただの人間が大事な人を護ろうとする、ただそれだけの物語である。

第一章

丸い月が出ていた。

温もりに満ちた春の風が吹き、隆昌《りゅうしょう》は自らの吐息を風に混ぜた。何処《どこ》から飛ばされた花びらが目の前をかすめたので、隆昌は指でつまむ。鼻に近づけると、奥に染みこむような濃い香りがした。

梅だ。

梅は春のさきがけである。厳しい寒さにもめげずに耐える梅は万人に好かれる花だ。隆昌もまた、梅をこよなく愛していた。

——こんなときでなければ、もっと趣を楽しめたのに。

隆昌は姉の西城《さいじょう》とともに皇帝によって長安《ちょうあん》に呼び戻されていた。

長安から遠い地にいた無惨に武則天に殺された。死体は見つかっていないが、周りの様子から明白だった。だからこそ遠い場所に追いやられていたのだ。

だが、それなのに皇帝は急に娘たちを呼び寄せた。

皇帝の親族のために割り当てられた屋敷の裏、林に隠された奥に、小さな庭と池がある。

上巳《じょうし》（三月三日）は水遊びの日であり、禊《みそぎ》をする必要がある。

「だから、いるとしたら……」

そう呟《つぶや》き、隆昌は木の陰を確認した。そこには靴があった。

「……やっぱり」

そして隆昌はため息をつく。ぶるりと身を震わせて周りを見渡す。風は暖かいが、たまに肌寒く感じるときがある。この時期に褉をしたことで、実際に風邪をこじらせた者もいると聞く。

周囲は濃い乳白色の靄《もや》がかかり、目を凝らしても辺りの様子がわからない。隆昌は流れる水の音を頼りに、庭の池に近づいていく。

人影があった。

庭の池には梅色の寝着をきた西城が足を水に浸していた。長い髪は柔らかな髪質で、月光に照らされながら艶《あで》やかな輝きを放っている。整った目鼻は、目を閉じているにも関わらず儚《はかな》げな雰囲気を周囲に漂わせていた。

「姉さま、こんなところにいては駄目じゃない」

そう声をかけると西城がはっとしたように、慌てて池から出てきた。申し訳なさそうに声を出す。

「ごめんなさい。今日は調子が良くて、つい」

「寝ていないと駄目じゃない。それにこんな気軽に外を抜け出して……いくら部屋から、すぐの庭だとはいえ……」

「わかっているんだけど……」

そう言いながら身を捩《よじ》る西城に靴を履かせ、部屋に連れ戻して、そのまま寝台へと横たわらせる。

「まったくわかっていないじゃない」

寝台へと身を沈める西城に隆昌は眉根を顰《ひそ》めながら叱《しか》る。

「姉さま、ちょっとしたことが命取りなのよ。何が起こるか、わからないの。私たちの周りは敵だらけなのよ」

「わかっているわ、隆昌」

「いいえ、わかっていないわ、姉さま」

隆昌はそこまで言って、寝台の横の棚に置いてある茶菓子に気付いた。

「そのお菓子、どこでもらったの」

「さあ……侍女が持ってきたものじゃないかしら。私は知らないけれど」

「……」

――姉さまは何もわかっていない。毒が入っているかもしれないのに。

無垢《むく》というわけではない。姉は隆昌とは違って、心の感覚を鈍くすることで自分の精神を守ったのだ。どのような悪意も敵意も殺意も、全て心を麻痺《まひ》させてわからなくさせている。自分の身体が虚弱だからこそ、姉はそうして心を守るしかなかったのだ。

隆昌は奥歯を噛《か》み締めた。これ以上は何も言えない。姉の心の安寧を守るためだ。

「これは私がもらうわ」

「……いいわよ、隆昌も食いしん坊なのね」

その西城の言葉に隆昌はうなずきながら周りを見渡して言った。

「姉さんの侍女はいつ来るの。どうしてここに誰もいないの？」

「よくあることよ」

「全然よくないわ」

「大丈夫よ、隆昌。気にしすぎよ。私もこう見えても、最近は元気になっているの。だからきっと侍女たちも安心しているだけなのよ。……ほら。だから、さっき庭に出ることができたのよ」

西城はゆっくりと身を起こしながら言った。

「朝の時間に少し散歩できるようになったの。ちょっとの間やっていた蹴鞠《けまり》が良かったのかしら。少しだけの運動でも変われるのね。うん、私はこれ以上、隆昌の迷惑をかけたくないの」

「姉さん、そんなこと……」

だが隆昌の言葉は西城の激しい咳《せき》に遮られる。

「ごほっ、ごほ」

「姉さん、ほら」

隆昌は西城の背を撫《な》でながら彼女を寝台に横たわらせた。

「ごめんなさい……早く健康にならないといけないのに」

申し訳なさそうに言う西城に隆昌は笑いかけた。

「いいのよ、姉さん、ほら、無理しないで寝ていて」

「……ごめんなさい。あのね、隆昌……言いたいことが……」

「あとでゆっくり聞くわ。とにかく今日は外に出ないでね」

「どうして？」

「雨の匂いがするからよ」

「雨の匂い？」と訝《いぶか》しげに首を傾《かし》げる西城に隆昌は曖昧な笑みを浮かべた。

しかしそこに訪問者が現れて声をかけてくる。

「隆昌公主さま、こんな場所におられましたか。捜しましたよ」

下位の宦官《かんがん》だ。こんな夜に訪問してくるとは珍しい。

「私を捜しに？　姉さまではなくて？」

警戒した声を上げる隆昌に宦官が淡々とした口調で答える。

「あなたさまです。陛下があなたさまをお呼びです」

「そんな……」

こんな時間に何の用事なのだろうか。いいや、それより世話をする侍女もいない状態の西城を一人でいさせるわけにはいかない。対応に悩んでいると背後に見知った気配を感じた。

「やーあ、こんにちは、隆昌公主。今日も元気そうだね」

張果《ちょうか》だ。五大神仙の一人という立場を利用して気ままに宮廷を歩き回っている。彼は神仙であるからこそ皇帝のお気に入りでもあった。彼は武則天の真似をして女帝になろうとした韋后《いこう》、韋后の愛娘《まなむすめ》であり女の身でありながら女帝の跡継ぎになろうと画策した安楽《あんらく》公主の殺害に手を貸したともいわれている。景龍《けいりゅう》四年、韋后は自分が皇帝になるため、夫を毒殺した。その十八日後、韋后は今の皇帝、父である睿宗《えいそう》――李旦《りたん》の三男である李隆基《りりゅうき》の手により殺されてしまう。安楽公主は無邪気に自室で化粧をしているところを兵士の手により斬り殺された。それら全てを裏で操ったとされるのが彼だといわれているのだ。

そして彼はなぜだか隆昌を気に入り、よくこうして目の前に姿を現すのだ。

一体、何を考えているのか、わからない。

兄である李隆基と彼は繋《つな》がっている可能性が高い。ならば自分を監視しているのだろうか。彼が本気になれば隆昌も西城もあっという間に殺されてしまう。それなのに、こうやって生かしておくことには何か意味があるのだとは考えていた。

だからつい隆昌も張果に対しては刺々《とげとげ》しい言葉が口に出てしまうのだ。

「張果さま。今日は何をしでかすおつもりですか」

「僕の顔を見るなり、それはちょっと酷《ひど》いんじゃないかな」

面白がるように言う張果の言葉に隆昌は顔を背ける。

嫌味を言ってしまうのは仕方ない。彼はもしかすると姉の敵かもしれないのだ。

隆昌にとって周囲の人間は姉の敵か味方か、それだけが判断基準だった。

隆昌はぐちぐちと言葉を続ける。

「……ご自分の態度を顧みてください。人ではなく神仙のあなたがなぜそのような？　普段はこのようなところに現れないでしょうに。だいたい、あなたが現れるときは何かしら……」

「誤解だよ。毎回、話しているだろう。僕は君に興味があるんだよ」

隆昌は張果の言葉に押し黙った。彼はいつもそうやって隆昌の言葉を煙《けむ》に巻くのだ。

隆昌は思い切り張果から顔を背けて言った。

「私はそういう嘘《うそ》や冗談、軽口は嫌いです。妙な噂《うわさ》は私たちを脅かしますからね」

「そういうことをいっちゃう？　僕の言葉を即、嘘だと否定するんだね。ちょっとだけ傷ついちゃったかなあー」

「神仙である張果さまが人の言葉程度で傷つくことなどないのは十分に知っています」

「うん、僕と君は長い付き合いだからね、そうだよねえ」

「……ええ、そうです。だから張果さまはとくに用もなく、ここには来ないでしょう」

「今回ばかりはそうでもないよ」

「そうですか」

張果から返ってきた言葉に嘆息した。本当か嘘か本当にわからない。

隆昌は張果に向き直り、微笑みながら話しかけた。

「なら……ちょうど良かったです、張果さま。陛下が私をお呼びだそうです。だから侍女が来るまで姉さまのもとにいてください。もちろん了承いただけますよね」

隆昌の言葉に張果が呆気《あっけ》にとられた顔をした。

「それではお願いします、張果さま」

張果の横を通る隆昌は宦官に話しかける。

「陛下のもとに行けばいいのよね」

「いえ、太平《たいへい》公主さまの道観《どうかん》です」

その言葉に隆昌は顔を歪《ゆが》めた。

「どうして、あんな場所に？」

なぜなら今、太平公主は蒲州《ほしゅう》にいるはずだった。主《あるじ》のいない、がらんどうの道観に、なぜ父親が隆昌を呼んだのだろうか。そもそも、この時期に隆昌たちを呼んだのも気にかかる。疑念は尽きなかった。

◆

長安では、そろそろ寒食《かんしょく》の時期であった。

寒食とは清明《せいめい》（三月八日）の前の三日に火を用いることを禁じ、冷たい食事をとる慣習である。だからこそ、道観に向かう道のりはその食事が用意できるよう、ところどころ小さな市場が開かれて賑《にぎ》わっていた。

長安の中心には、東西方向に大きく開かれた道路がある。東西に繋がる道路は西の文化に向けられているものだ。この道路を中心として前方には皇城《こうじょう》、東には東市、西には西市がある。西の城門の名は金光門《きんこうもん》、東の城門の名は春名門《しゅんめいもん》と呼ばれて、西の門からは西方の文化が、東の門からは中国南方から流れてくる東方の物資が運び込まれ、それぞれ市を活発させることに役立っている。

隆昌は牛車《ぎっしゃ》から、その風景を眺める。これほどまでに外は活気に溢《あふ》れているというのに隆昌の気持ちは陰鬱であった。

巨大な門に囲まれたその中心に城があった。長く延びた龍尾道《りゅうびどう》の先には巨大な門がそびえ立っている。坂のような道のせいで、門がはるか遠い場所にあるように感じられた。それはまるで一刻も早く城から遠ざかりたいという隆昌の気持ちを表しているかのようであった。

その城の西には安福門《あんふくもん》があり、その先は道士たちの住む道観が建設されている。目的の場所が近づくにつれて、隆昌の気は重たくなる。

太平公主の道観もそこに建っているのだ。

牛車に揺られながら隆昌は太平公主に関わる者たちを思い出す。

武則天は強烈な女であった。彼女は無名に等しい家の娘から、権力の頂点にまで至ったのである。彼女の死後も、彼女の巨大な影は政界に影響を残したのだった。

後武后《ごぶこう》時代と呼ばれている。

この時期を代表する女性は三人、韋后、安楽公主。そして最後の一人、太平公主だ。

だが太平公主は兄である李隆基の画策にはまり、今は長安から遠ざけられた地にいる。

実質主のいない建物だ。

馬車から降りた隆昌は太平公主の道観に入った。

しかし、そこで信じられないものを目にした。

「急に呼び立てて申し訳なかったわね。お元気にしていたかしら。戸惑っているわよね」

太平公主はそう言うと小さく笑った。

太平公主は儚げな印象だった。吹いたらかき消されそうな存在感しかない女だった。二十代後半にも思えるし、四十代後半にも思えた。見る角度によって違う表情に見える。彼女の存在はそれほどまでに摑《つか》みづらいものだった。真っ直ぐ向かい合えば頼りない表情で、どこか隆昌に似通った美貌を向けてくる。

地味な濃藍色の道士服でありながらも、彼女の容貌は衰えない。

――どうして、彼女がこの場所に。

隆昌はこの状況こそが太平公主の画策だと気付く。

彼女が挨拶してくるのは当たり前だ。

隆昌は父親である皇帝に呼ばれたと思ったが、実際は太平公主の差し金だ。

ここは太平公主の住まう道観である。長安城内に政平坊《せいへいぼう》と呼ばれる場所があった。そこに安国観《あんこくかん》という道観が建設されたのだ。彼女は公主でありながらも道士という立場に身を置いていた。

太平公主は道観にある瞑想《めいそう》の間の中央に座り、瞼《まぶた》を閉じて日光に身を預けていたようだった。彼女の双眼がおもむろに開かれる。陶酔したような色が含まれていた。

太平公主を侮ってはいけない。韋后と安楽公主が殺された今も、彼女はまだ生きている。韋后が殺されたことで、もはや女性が主役をなす時代ではなくなってしまった。民衆の視点からすると女性が皇帝となったという事実は、牝鶏司晨《ひんけいししん》、雌鶏がときを告げる、つまり世の秩序や天地の逆転に他ならず、到底許すわけにはいかない事態だと思われていたのである。だから権力を持った女性を排除せねばならないといった動きが出てきているのだ。

それでも彼女はしぶとく生き残っている。遠く都を離れているとはいえ、生き残り、まだ絶大な権力を持っているのだ。

――逆らえば私も姉さまも命はない。

隆昌は太平公主に対して形ばかりの挨拶の儀を行う。

すると奥のほうから皇帝である父親――睿宗がのろのろとした重い動作で走り寄ってきた。それを見た隆昌は拝礼の形式を取りながら微笑みかける。

「陛下」

「やめておくれ、そんな他人行儀な呼び方は」

顔を曇らせる睿宗に隆昌は呼び方を変える。

「父さま」

隆昌の呼びかけに睿宗は顔をほころばせた。

「……おお、おおお……儂《わし》の前ではいつもそう呼んでおくれ。待っておったぞ、我が娘よ、相変わらずの美しさなことよ。ますます母親に似てきたのではないか？」

「そんな……申し訳ありません、遅くなりました」

「いいのだ。よかった、無事で。儂にはそれだけで十分じゃ」

「……はい」

「ああ、今日はなんて良い日なのだろう！　遠く離れていた妹とも、こうして会えた！　ああ、ああ！　儂は一人で寂しかったのだ。やはり家族とは最高だとも！」

そして睿宗は隆昌と太平公主を交互に見つめて満面の笑みを浮かべた。

睿宗の言葉に嘘はない。裏もないだろう。だが、だからこそ侮れない。

隆昌は微笑みを絶やさぬように睿宗に話しかけた。

「それで、ご用件とは」

そう尋ねると睿宗は太平公主のほうを見た。太平公主の目配せを受け、頬を緩ませながら睿宗は答えた。

「おお、隆昌よ、実はお前に女道士となってほしいのだ」

道士。その言葉に隆昌は奥歯を噛み締めた。

道教とは、確固とした実体をもって存在し続けてきた宗教ではない。一種の自然宗教だ。

教祖と呼ばれる人が教えを広げ伝えていくという形式ではない。

――でも、どうして道教に私を関わらせようとするの？

そんな隆昌の表情が顔に出てしまっていたのだろう。太平公主がくすりと笑ったので、隆昌は慌てて顔から表情を消した。

その意図が読めない。隆昌は道教の成り立ちを思い出そうとする。そこに手がかりが隠されていないかと考えたからだ。

道教の起こりは一般的に後漢《こうかん》時代、この時期に道教の最初の経典である『太平経《たいへいきょう》』が成立したことと、道教の初期の集団である太平道、五斗米道《ごとべいどう》が後漢に現れたためだ。当初、道教は神仙思想のような非庶民的な思考ではなかった。魏晋《ぎしん》南北朝時代に成熟して制度化していったのである。それは一連の有名な道教指導者たちが出現したからだ。

例を挙げれば、葛洪《かっこう》、寇謙之《こうけんし》らである。彼らは後漢時代初期に組織の制度やその活動において改革を行い、道教のあり方を変えた。太平の世をもたらすことを目指す教えから、不老不死といった神仙思想を導き、道教を当時の国家統治者の学問に必要なものだという立ち位置まで成熟させていったのだ。そうして国家宗教たる地位を獲得し、今ではこうして唐《とう》の時代でも政治や権力に大きな影響力を持つようになった。

もちろん、それだけではない。

そして隆昌は張果のことを思い出す。そう、道教の背後には張果をはじめとする神仙たちが実在する。その不可思議な奇跡めいた力を見てしまえば、人はただ、その存在に恐れおののくしかない。神仙たちが裏で政治を操っているという噂すらあるし、隆昌は、それを事実だとも思っている。

——外見だけでいうなら、あんなにぼんやりとした張果さまがそれほどの人物とは思えないけれど、きな臭い噂ならいつまでもつきまとっているもの。

だから隆昌は張果を警戒しているのだ。

つまり道教とは、病気やその他の害となるものの除去、つまり、不老長寿、不老不死を目指し、現世利益を求める宗教であり、政治や権力と密接な関係にあるのだ。国そのものと癒着しているといってもいい。

これはまずい。なるべくそういった権力に絡んだ話とは遠ざかりたいのに。

隆昌は焦っていた。流れる汗を自分で制御できない。それだけ父親の言葉は重い。

当時、公主で女道士となっていたのは、太平公主だけであった。

太平公主の狙いは道教を利用して女性道教徒及び道教界に影響力を広げて、政治的な勢力を確立しようとしているのだ。

それは父親もわかっているのだろう。しかし権力闘争の熾烈《しれつ》な時期の中、自分の娘たちを政治闘争の舞台から離しておくほうが安全だとも判断しているのだ。また父親は睿宗としての自分の立場を保持するためにも、身内を道教での立ち位置を確立させたほうがいいとも踏んでいるのだ。宗教政策面での影響を広げることも考えているのだろう。

——護りたいが利用したい。いつだって父さまはそう。

都合のいいように隆昌を利用するのだ。

拒否するのは許されない。

「……わかりました。でも、どうして私が入道を？」

このくらいは尋ねる権利はあるはずだ。

公主以外の女性が入道するのは、普通表立って推奨されて行われているものではない。

彼女たちが入道するには様々な理由がある。一番多い理由というのが、つらい生活を送り、俗世に見切りをつけたいと考えて、道観に落ち着き先を求めての入道だ。また娼妓《しょうぎ》や妾《めかけ》の人生の最後として選ぶことがある。娼妓が年をとると容色が衰えて行く先がなくなるため、出家するのが一般的なのだ。

他にも宮中で仕えていた宮人、宮妓《きゅうぎ》なども女道士として存在している。宮中を出ても、頼るべき場所がないため、最後の安住の地として、入道し出家するのだ。

しかし隆昌は、公主という立場ゆえ、そのいずれの状況ではない。

太平公主は、まるで子どもに諭すかのように静かに言った。

「あなたには上清派《じょうせいは》の象徴になってもらいたいのです」

道教のひとつに上清派という大きな宗派がある。上清派は、女性を祖師として認めた唯一の宗派だ。その始祖とは魏華存《ぎかそん》と呼ばれ、上清派の間では魏華存は不老不死になることができた人間とされていた。

太平公主はゆったりとした口調で説明する。

「道教は不老長寿、不老不死を目指し、現世利益を求める宗教であるからこそ、上清派は魏華存を特別な存在と見なしています。だからこそ女性で特別な立場である公主、あなたが選ばれたのです」

それを聞いて隆昌は顔を歪めそうになるのを必死で思い留《とど》まった。道具を利用するのに、それらしい理由を添えただけだ。

所詮、隆昌は政治の道具に過ぎない。だが、このまま黙っている気はなかった。

「——一つ条件がございます」

「なに？」

隆昌の言葉に睿宗は困惑した表情を見せる。隆昌はそっと顔を伏せながら言葉を続けた。

「……私の姉……西城に関わることです。最近、西城公主は道教に深く関心を寄せておりました。病弱ながらも、その合間をぬって祈り、信仰を深めようとするその姿勢に心を打たれております。下手をすれば私よりも勉強熱心かもしれません。だからこそ、我が姉も一緒に入道させていただけませんでしょうか。公主を象徴とするのであれば人数が多いほうがいいでしょう」

睿宗は隆昌の熱意に押されるかのようにうなずくと、縋《すが》るような双眸《そうぼう》を太平公主に向けた。太平公主はこくりとうなずいたのを見て、睿宗は顔を輝かせながら言った。

「ああ、構わないとも！」

そうだろう、と隆昌は思う。なぜならば、父親の情として娘二人を政争の場から離したいという気持ちも持っているからだ。だからこそこうして情に訴えかけた。

自分一人だけが道士になった場合、姉と引き離される可能性が高い。それだけは隆昌は避けたかった。思い通りになって安堵《あんど》した隆昌だったが、その次に聞こえてきた言葉に身体を硬直させた。

「……それは、どうなんだろうね？」

感情の見えない声のしたほうを見て、兄さま、と声を出そうとして隆昌は慌てて口を閉ざす。

李隆基、皇太子だ。

柔らかな眼差《まなざ》しの兄がいた。とても二十七とは思えない、どこか幼さの残る顔立ち、柔らかな風貌でありながらも、墨汁が溶け込んだような深い色をした黒い瞳は強い吸引力がある。上品な藍色の寝着をゆったりと纏っていた。

しかし、どこか刺々しさを持つような、触っただけで凍ってしまいそうな近寄りがたい雰囲気を感じさせる。

今、隆昌は皇太子においそれと声をかけていい存在ではない。ここは拝礼の挨拶を行うべきだ。だが頭《こうべ》を垂れた隆昌に李隆基は目もくれなかった。その程度の存在だと思われているからだ。冷水を浴びせられたような感覚に陥りながらも隆昌は混乱していた。

——そんな馬鹿な。

ここは李隆基にとっては敵陣そのものだ。太平公主は李隆基の政敵だった。

だが、そこには李隆基がいた。配下の者を何人か連れている。

「陛下、誰にも告げずに皇城を抜け出されては困ります。このような場所にいるくらいなら、後宮に引っ込んでもらっていたほうがありがたいです」

「……そ、それは……っ」

戸惑いを露《あら》わにして睿宗は太平公主を見る。彼女は薄く唇を吊《つ》り上げた。

ここに睿宗がいるのは、やはり太平公主の差し金のようだ。

睿宗は咳払いをすると李隆基に顔を向ける。

「皇太子よ、何のようだ」

「陛下への用なら尽きぬほど。言葉にするほどのものではありませんよ」

睿宗の言葉に李隆基が淡白な表情で返した。そして太平公主のほうに目を向ける。

「太平公主、あなたも蒲州から、わざわざこちらにお越しになっているとは。事前にご相談していただければいいのに」

「少し私用でね。相談しなくてごめんなさいね。……でも兄は了承済みよ」

「そうなのですか？」

太平公主の言葉に李隆基が睿宗へと視線を送ると、びくりと身体を震わせた。

隆昌は彼らを見て、身体を強張《こわば》らせた。

ここに太平公主がいるというならば、たしかに李隆基が直接来るのは当たり前だ。

蒲州に追いやられたはずの太平公主が直接、動いているのだから。

李隆基は緩みかけている群青色をした帯を強く締めると、儚い笑みを向けてくる。青春、というように、春の色は青であった。その春色がよく似合う李隆基は、被っていた青い頭巾を脱いだ。整えられた短く黒い頭髪は、李隆基に清潔感を与える。

「……久しぶりだね、妹よ。僕がどうして君の提案を遮ったかわかるかい？」

ようやく、そこで李隆基はそう声をかけて隆昌の顔を見た。

「……それは……」

「そんな、よそよそしくしなくていいよ。今まで通り、君が陛下にしているように家族のように接して呼んでくれて構わないよ」

「ありがたき言葉ですが恐れ多く……」

李隆基の言葉にどう答えていいかわからず隆昌は曖昧な笑みを浮かべるしかなかった。

こんなに間近で兄を見たのは久しぶりであった。

しかし見た目に惑わされてはいけない。

そう思ったのに隆昌の胸に熱い想《おも》いが沸き上がる。隆基兄さま、と心中で呟く。兄の名前が遠い響きのように思えて、懐かしさと心苦しさで困惑してしまう。隆昌は李隆基と軽々しく言葉を交わすようなことはしてはいけない。周囲の人間が隆昌の行動をどのように受け取るかわからないからだ。

それだけ太平公主は強い影響力を持っているのだ。武則天が死に、韋后が死に、安楽公主が死んでも、なお、どのような災いを与えるかわからない、恐怖の対象なのだ。

だから李隆基が、こうして太平公主の言葉に諾々《だくだく》と従い、太平公主に与《くみ》したように見える隆昌を警戒するなら自然なのに、こんなにも気安く挨拶するかのように接触しにきたのはなぜだ。邪魔をしたいだけなら、もっと冷酷に行えばいいのだ。

隆昌は警戒する眼を気取られぬよう、眉間を指で押さえて、首を横に振った。それから再度顔を上げて李隆基を見やる。柔らかい笑みだ。

どうしてそんな優しい笑顔を向けているのだろう。

昔の思い出と何ひとつ違わぬ笑顔を。

李隆基はゆっくりと唇を動かした。

「なにも意地悪で君の提案を否定したいわけじゃないよ。……ほら、君の姉であり僕の妹は入道に耐えられる身体じゃないだろう」

「……！」

そこで隆昌は気付いた。

兄は太平公主の影響力を弱めたいのだ。だからこのようなことにでも口を出してくる。

李隆基は睿宗へと顔を向けながら言葉を発した。

「陛下も困ります。儒教側にはどう説明をするべきですか」

「それは……」

「私も道教側の人間です。儒教側がこれを聞くとどう思うか。おそらく良くは思わないでしょうね。私たちの考えや常識が通用しない相手とは、基本的には会話すらできないんですよ。それがどういう意味かわかりますか。結局、武で片を付けるしかない。そう、かの皇帝殺しを行った韋后のように、相手を排除することでしか問題が解決しない状況になりうるということ。あのような騒ぎ、二度も三度も起こすわけにはいきません」

韋后の名が出て、隆昌は恐怖に身を縮こまらせる。韋后と安楽公主を死に導いたのが眼前にいる李隆基だからだ。穏やかな風貌でありながら、胸の内にいざというときには残酷な判断を下せるだけの残忍さが秘められている。

「あら、隆基さまは疑い深いこと。さすがに考えすぎでしょう。たかが兄の娘たちが入道するだけですよ。そんな騒ぎにはならないでしょう」

太平公主の言葉に李隆基は深々と息を吐き出しながら返す。

「今、儒教は廃《すた》れています。しかし陛下は仏教を保護する態度を示しつつも、道教に重きを置いています。そして、実際、その状況を憂いた道教と仏教の道仏論争がしばしば発生する事態になっているではありませんか」

隆昌は心中でうなずいた。

多神教である道教が祀《まつ》る神々の中でも、最高位についている老子《ろうし》と、唐代の創始者の姓は同じだ。そのため創始者の李氏一族は、自分達を老子の末裔《まつえい》とし、よって道教は自分達の先祖の宗教であると主張したのである。もとは隋《ずい》王朝を倒して唐王朝を形成する中で、李氏が道教の予言を利用し、天下を簒奪《さんだつ》するために政治的に活用した。それが李氏と道教との関係のはじまりになる。その後、同じ姓ということもあって敬うようになったのだ。

いたずらに父親が道教を重んじているわけではない。

また道教の不老長寿という思想も父親の好みに合致していた。睿宗は、虚弱体質であり、こういった不老長寿の思想こそが信仰になりえたからだ。それもまた今、道教の力が強まっている要因でもある。そしてだからこそ儒教と仏教は虐《しいた》げられている。

「だからこそ西城の身を思うなら、負担は減らすべきでしょう。宗教間の争闘に巻き込むわけにはいきません」

李隆基の言葉に隆昌の頭に血が昇る。

兄は姉のことなど、どうでも思っていない。ただ太平公主の影響力を削るために、それらしいことを口にしているのだけだ。

「それは……待ってください」

この会話の流れは変えなければ。

だからこそ隆昌は言葉を口にした。それが、もしかすると兄の怒りを買う可能性があったとしても。

——ああ、兄さまは敵なのだ。

それを思い知り、隆昌の胸が痛んだ。

李隆基は今でも武芸を嗜《たしな》んでいた。東宮《とうぐう》の守衛や侍従と馬に乗って猟をすることなんてしょっちゅうであった。しかし、それと同じくらいに書を読んだり、詩を詠んだりすることも好んでいた。何でも知識を得ようとする探究心を持つ青年であった。

幼い頃を思い出す。武則天が血の繋がりのある者でも容赦なく殺す人間であったため、身を寄せ合い、助け合うようにして生きてきた。当時は兄妹仲が良かったのだ。互いに毎日、命が続いていることを、顔を合わせるたびに感謝していた。肉親のものが殺されるたびに、それでもまだ自分たち兄妹は生きているのだと、安堵することができた。よく兄は隆昌に詩を詠んでくれた。当然、隆昌も詩を嗜んでいたが、詩を作ることも、理解することも、全て兄のほうに才能があった。印象に残っているのは蟬《せみ》を題材にした詩だ。その作者は不幸の中にあった。蟬の黒と自分の髪の白を対比させた面白い詩だった。露《つゆ》の重さと風が大きいことは蟬を苦しめるもの、そして作者をもまた、苦しめたもの。作者は、蟬の声と自分の悲痛な訴えを重ね合わせ、それでいて自分の苦しみを誰かに伝えてほしい、と蟬に願いを託しているのである。

作者の生の感情が伝わってくるような迫力のあるその詩が、隆昌は好きだった。だから、蟬になりたいと駄々をこねて、兄を困らせたのであった。困惑した様子を見せながらも、温もりに満ちた兄の双眸と眩《まばゆ》い笑顔を覚えている。

今年、兄は二十七歳になる。あの頃とは違うのだ。

兄の敵になりたくない。その想いはたしかにある。

――だが、それ以上に私は姉さまを失いたくない。

一度、隆昌は大事な人を失ったことがあった。

幼い頃を思い出す。大きな優しい手のひらがあった。宮廷で会うたびに、彼は隆昌を抱き締めてくれた。顔は覚えていない、名前も記憶にはない。ずっと、ずっと昔のことで記憶はおぼろげである。ただ、そのあたたかい体温だけは覚えていた。

彼は偉い人だったらしい。よく武則天のところに出入りしていたのを見かけていたからだ。もしかすると隆昌が武則天の孫娘だから可愛がってくれたのかもしれない。しかし、それでも隆昌は構わなかった。温かさは本物だった。気持ちがよかった。

心地よくて、いつも彼と会うのを楽しみにしていたほどだった。

胸弾む期待は鮮明に覚えている。温もりも嬉《うれ》しかった感情も覚えている。

しかし、彼は突如いなくなった——

殺されたのだ。

偶然だった。勝手に掖庭宮《えきていきゅう》の外に出た隆昌が悪かったのだ。いつものように気ままに遊ぼうとして街を走り回って、斬刑に処せられる彼を見てしまった。動かなくなった彼の身体がその場に打ち棄《す》てられた。そんな彼を多くの人間が怖い目をして睨《にら》んでいた。瞳はぎらぎらしていた。見ているだけで怖くて泣き出してしまいそうなほど、どす黒く気持ちの悪い光を彼らは目の奥に宿していた。

誰が最初だっただろう。皆が一斉に動いたのかもしれない。もうそんな詳しい部分を隆昌は覚えていない。

ぎらぎらと骸《むくろ》になった彼への憎悪で目を輝かせた人間たちは彼の身体に飛びかかったのだ。力任せに屍肉《しにく》を千切って口に入れている。動かなくなった彼の身体を、大勢の人間が食べた。

静かになった後には、まだ動かなくなった彼の身体が存在していた。だが、もはや人の形を成していなかった。目は千切れて飛び出し、片方は抉《えぐ》り取られて、頭は無惨にも皮を剝《は》がれて、内臓があちこちに散乱していた。泥だらけの彼の身体は、もはや温かさなど微《み》塵《じん》も感じさせぬものであった。

そのとき思ったのだ。大事な人を二度と失いたくないと。

あの温かさも、あの優しさも、あっという間に消え去ってしまうのは嫌だと本気で思ってしまったのだ。

あのあと、わんわんと泣いていた隆昌を優しくあやしてくれる者がいた。きっと通り過がりの人だったのだろう。だが、あの惨状、たかが他人に優しくする者など誰ひとりいない状況だった。だからこそ隆昌はその温もりを思い出しては、その優しさに今でも浸っている。それだけ、あの淡い優しさは厳しい世相にとって儚く、大事にしたいと思えるものだったのだ。その優しさを自分は大切だと思える人に与えたい。それこそが隆昌の行動理念だ。

——私の姉さまへの執着は自分勝手だ。

それでも隆昌は姉を護るために動く。それが行動理念だからだ。

「私にはこれが素晴らしいきっかけになると思っているんです。だからこそ姉が必要なんです」

そう言った隆昌に李隆基が問いかける。

「それで？　その理由は？」

「祖母である武則天の冥福を祈るためです。そして、今までに様々な要因で亡くなられた方が多くおりますゆえ……」

隆昌の言葉に李隆基の表情が少しだけ強張った。

隆昌はその反応を見て心中で小さくうなずく。

——そう、私の母もだ。

武則天に殺された。その亡骸《なきがら》は今でも見つかっていない。

そう、この気持ちは本物なのだ。だからこそ騙《だま》し通せると隆昌は確信していた。

隆昌の境遇は、当然、ここにいる者たちは知っている。だからこそ口にしたのだ。

「私は祖母だけでなく、そうした方々のために弔いを祈りたいのです。しかし、それには一人では力不足です。だからこそ、私には姉が必要なのです」

「だが西城にその役割は負担になるだろうに」

「逆かと思います。私や姉であることこそが、その祈りは強く、大きくなるのです」

李隆基にそう返事をした隆昌は睿宗へと目を向けて言った。

「陛下。私は祈りを叶《かな》えたいのです。どうか、この我儘《わがまま》をお聞きくださいませ」

「私はいいかと思いますよ」

隆昌の言葉に太平公主は間髪なく答えて睿宗に優しそうな目を向けた。

「う、うむ……皇太子はどうだ」

そう睿宗に問いかけられて、しばらく考え込んだあとに李隆基は隆昌を見て言った。

「僕は構いませんが、妹よ……本当にいいのかい？」

「はい、姉さまのことであれば私がお助けします。兄さまにも迷惑をかけません。だからどうか、お許しいただけませんか」

「そう、そこまで言うなら、僕からも異論ありませんよ」

睿宗はその李隆基の言葉を受けて破顔しながら言う。

「うむ、二人がそれでいいと言うなら」

これこそが今の皇帝の立場だ。

睿宗は太平公主と李隆基の了承を得られなければ動けない。

「ああ、儂の娘よ、良かったのう。これで何とかなったわい」

無垢なる善意、流されるままの身でありながら自分の選択を最適解と思い込む無邪気さ、父親である睿宗は武則天の影に怯《おび》えていた李旦のときと変わらないままだった。

隆昌はそのまま李隆基たちの許しを得て道観から立ち去ろうとした。そのとき、李隆基がゆっくりと隆昌に近づいた。隆昌は肩を一瞬びくりとさせたが、ゆっくりと口を開いて対応する。

「兄さま、姉さまのことを気にかけてくれて、ありがとう」

「……うん……」

その感情の乗っていない冷え切った笑みで思い知る。兄である李隆基は、やはり今の隆昌の行為を快く思っていない。そして彼は隆昌の横を通り過ぎる際に、彼女の髪から簪《かんざし》を抜き取った。そして冷めきった眼差しを隆昌に向けながら言った。

「そこまでお前が姉を思うというなら、お前がきちんとこのことを説明するんだよ。僕たちからだと下手すると彼女の心の負担になるからね。お前が西城公主の面倒をすべて見るんだ」

「隆基、何もそこまで……！」

睿宗の言葉を李隆基は冷たく遮った。

「そこは最低限、言い出した本人が責任を持つべきでしょう」

そこで李隆基は隆昌の簪を床に投げ捨てた。隆昌は慌てて、それを拾おうとその場にしゃがみ込む。その耳もとで李隆基はささやくように言った。

「せいぜい頑張るといい。だが、きっとお前のその努力は無駄になる」

隆昌ははっと顔を上げて李隆基を見上げた。

「だから、今のうちに余計なことをするのは、やめておいたほうがいいよ。これは家族として、兄としての助言だ」

——どうして、そんなことを言うの。

やはり李隆基は隆昌たちに悪意と殺意を抱えている。

もはや後戻りなどできないのだ。

第二章

隆昌《りゆうしよう》はすぐに西城《さいじよう》の住居に戻った。

寝室にはまだ灯《あか》りが点《とも》っている。どうやら隆昌の帰りを待っていたようだ。

「おかえりなさい。わざわざ戻ってこなくても良かったのに。父さまはどうだったの？　私たちをここに呼び寄せた理由を教えてくれた？」

寝台から起き上がろうとした西城は胸を押さえて咳《せ》き込んだ。隆昌は慌てて彼女のもとに駆け寄り、横たわらせる。苦しそうな西城に隆昌は話しかけた。

「姉さま、無理をしないで。熱があるわ。お願い、どうか寝ていて。……どうして誰もいないの？　侍女は？　張果《ちようか》さまは？」

「それは……ごほっ」

西城は曖昧な笑みで言葉を淀《よど》ませる。

——このままでは姉さまは皆の玩具《おもちや》だ。誰も私たちを助けてくれない。

隆昌が絶望しかけたそのとき、足元からひょこっと白い驢馬《ろば》が首をもたげる。どうやら寝台の下にこっそり身を忍ばせていたようだ。

「驢馬……これは……」

そう隆昌が呟《つぶや》くと戸のほうからがたがたと音がした。

「すまないね。少し時間をもらってしまったよ。どこから水を汲《く》んでくればいいかわからなくてね。いやいや、人の暮らしをもっと僕は観察するべきだったよ。いざというときに何もわからないんだからね」

戸から聞き慣れた声が聞こえた。振り向くと、そこには張果が立っていた。

「おや、戻ってきていたのかい」

「張果さま」

胸に手をおいて顔を曇らせて名を呼ぶ隆昌を見て、張果は苦笑しながら言った。

「宦官《かんがん》や侍女を一人も連れていないのは問題だよ」

隆昌はうなずきながら返す。

「大丈夫です。さっき、小雨が降っていましたから。雨の降る日は、逆に私以外の足音も大きくします。だから、つけられているとしても、わかります」

「うん、僕も君のそういう勘の良いところが好きだよ」

——まただ。

張果の言葉に隆昌は小さく息を吐いた。彼はたやすく「好きだ」という言葉を隆昌に口にする。戯れにもほどがあるのだ。

「お気遣いくださり、ありがとうございます」

そう隆昌が言うと張果も微笑み返して言ってくれる。

「いいんだよ。こうして僕が傍《そば》にいてくれることを許してくれるならね」

「そもそも、張果さまは私が何を言おうが好きなように動くのでしょうから」

そんな隆昌に張果はしゃがみ込み、目線が合うくらいに腰をかがめて呼吸が感じられるほど顔を近づけてくる。

「そんなことはないよ。君の意思は尊重するよ。……僕が見るにどうやら君の姉君は君と話したいようだ。だから二人きりで話しなよ。今は僕が邪魔だろうから席を外すよ」

張果に背中を押される形で、再び部屋に戻された隆昌は一瞬口をつぐんだが、笑みを浮かべて寝台に近づく。

「姉さま、ごめんなさいね。私の信頼している侍女を早くここに連れてくるわ。それまで……」

そこで西城は隆昌の腕を摑《つか》んだ。咳き込みながらも口を開く。

「待って、わ、私、言いたいことがあるの」

怪訝《けげん》な顔をした隆昌に西城は弱々しい笑みを見せながら言葉を続けた。

「隆昌、私は足手まといになりたくないの。でも、どうしたらいいか、わからないから。今回だってきっと、また足を引っ張るのかもしれないかと。だから私は自分でできることは自分でしたいのよ」

その言葉を聞いて隆昌はぐっと拳を握り締める。

——ああ、必ず姉さまを守りたい。

一生懸命に隆昌を慕う姉の姿は、視界に入れられないくらいに眩《まぶし》かった。

「まだ明るい表情をしてくれないのね」

だがそれでも西城は不満だったようだ。西城は隆昌の頭に手を近づけて眉根を寄せながら言った。

「簪《かんざし》が外れているわ。なら……」

西城は身を起こすと寝台の横にある机の中から、小さな物体を取り出し、隆昌に手渡す。

「これは?」

隆昌が手の中を見ると、そこには色のついた絹が燕《つばめ》の形に切り抜かれている。燕は春を告げる鳥だ。西城は柔らかく笑いながら言った。

「立春を祝うときに使う色絹の髪飾りよ。蝶《ちょう》や銭の形も作ったのだけれど、燕で作った髪飾りが可愛らしくできていて、気に入って仕舞っていたの」

西城は隆昌の手から燕の髪飾りを取ると、鳳冠《ほうかん》を被った妹の髪に挿し込んだ。

「よく似合うわ。鳳凰《ほうおう》と燕が喧嘩《けんか》しなくて良かったわ」

うまく鳳冠の色彩に馴染《なじ》んだようで、隆昌からは見えないが西城にとっては納得がいく風情のようだ。嬉《うれ》しそうに西城は笑いながら言った。

「……私はあなたの足を引っ張るばかり。でも矢面に立たされるのは私ではなく、あなた。どうせまた無茶なことをやらかしてくるのでしょ? あなたのことなら、私、何だってわかるわ。私もついて行きたいけれど、この体力じゃ難しいの。だから、その髪飾りを私と思って。ずっと一緒にいさせて」

「姉さま」

「そんな悲しそうな顔をしないで。私も一緒よ。たとえ身体が離れていても心は繫《つな》がっているわ」

だって姉妹ですもの。西城の言葉に、知らず知らずに胸は痛む。

彼女は妙に勘が鋭いところがある。

昨日の李隆基《りりゅうき》のやり取りを思い出す。李隆基は隆昌も西城を妹として見ていない。隆昌たちを思いやる感情がひとつも見られない眼差《まなざ》しに心が冷えていった。

けれど家族なのだから。どれだけ環境が遠ざけようとも、血は繫がっているのだから。

きっとまたこうして西城のように、心から笑いあえる関係になれるはずだと信じたかった。だが、それがかなわないことも同時に理解してもいた。その矛盾が心をより一層冷え切ったものにする。そして静かに覚悟を固めていく。

「ええ、そうね、嬉しい言葉をありがとう。姉さま」

――こんなに優しい姉さまなのだから。姉さまを守るためには、やはり私が命をかけて動かなければいけない。姉さまを守れるのは、私しかいないのだから。

隆昌は西城に入道の話をしたあと、不安そうに瞳を揺らす西城の肩に手をおいて言った。

「姉さま、安心して。すべて私に任せて」

――私一人のちからで全てを覆すには、私が人間を捨てるしかない。文字通りの意味で。

隆昌は覚悟を隠して西城に微笑みを向けた。

◆

翌日、入道のことでとある場所に赴くため馬車に乗り込んだ隆昌であったが、その馬車が急に止まった。何事かと思っていると張果が馬車に乗り込んできたのだ。

「ちょ、ちょっと、張果さま」

驚いている隆昌を尻目に、張果は飄々《ひょうひょう》とした態度で彼女の手首を摑《つか》みながら話しかけてくる。

「どこに行くの？　どうせなら僕の驢馬に乗らない？　目立つから逆にいいと思うよ」

「……い、いえ、逆に目立つとは……」

隆昌の戸惑いをよそに張果はにこやかな笑みを向けながら話してくる。

「こういうのは最初から注目を集めたほうがいいと思うよ」

――もしかして張果さまは私のしたいことを知っているのだろうか。

そう隆昌はある企《くわだ》てを考えていた。それを張果に見透かされているのかもしれない。

警戒する隆昌に張果は柔らかい笑みで応じる。

「一歩を踏み出しに行くのだろう。君が姉を護《まも》るために」

やはり気取られている。

だが隆昌は柔らかな笑みをたたえながら言った。

「……張果さまはなにか誤解なさっています。私は単に上清派《じょうせいは》の導師——道士の指導者である史崇元《しすうげん》さまにご挨拶に向かうのです。……民衆への説得力を高めるために、私と姉はもともと、その方を導師にしていたと……その方がいたから私たちは道教を信奉するようになったのだと、そういうことにしたほうが格好がつくと、父さまが仰られていたので。それなのに、この私が史崇元さまのことをよく存じ上げないのはまずいでしょう？」

史崇元という道士は元々貧民の出だが、処世術を用いることで出世し、人脈を駆使して太平《たいへい》公主との謁見を許され、その後、彼女に気に入られた。太平公主の支援を手にした史崇元は官界での影響力を広げて禁中の出入りが許されるほどになった。道士でありながら政情不安に揺れる長安《ちょうあん》を心配している者の一人でもある。

——だが私は挨拶だけで済ませるつもりはない。

その思惑も張果にはお見通しのようだった。

「そうだね、初対面での印象は大事だ。でも君はそれ以上のことをしようとしている」

張果の隆昌を摑む手に力が籠もりはじめる。それに困惑を覚えながら隆昌は「それは……」と言い淀む。

「どうして、そんな反応を示すの？　意味がわからないな。まだ覚悟ができていないの？その状況なのに本当にいいのかい？　このまま馬車を進めれば君は完全に戻れなくなるのに。それもまた、わかっているのだろうに」

覚悟を問われて隆昌は表情を変えて告げた。

張果の手から逃れるために少しだけ身を捩《よじ》る。

「このままだと姉さまは遅からず殺されます。それを私は止めなければいけません。だから私は行動すると決めました。今回、史崇元さまに会うのも、そのため、単なる挨拶で終わらせるつもりはありません」

「ふぅん……大いなる権威は欲望の盃。血と欲に塗《まみ》れた快楽は際限なく君を惑わすだろう。抗《あらが》えば苦痛が増すだけだろう。それでも姉を護るためだけに前に進むのかい？　おとなしく歴史の波に身を委ねたほうが楽だよ？」

そう忠告する張果であったが隆昌は覚悟の上だと眉を吊《つ》り上げながら告げる。

「決して逃げません。人々の欲が姉さまを苦しめるのなら、私は姉さまを護る……」

「神仙にでもなってみせるつもり？」

「そこまで……」

そこまで悟られていたのなら、もうごまかすのは無意味だ。

隆昌は張果の手を振りほどいた。

「そうね、道士のままではきっと姉さまを護り切れない。なら、私は神仙になってみせるわ。私が姉さまに春の日を告げる燕となるの」

はっきりした声で続けて、そのまま咳払《せきばら》いをして声を潜めて続けた。

「あくまで比喩表現ですけど。少なくとも今より特別な立場になる必要があるのです。申し訳ありませんが、そのために史崇元さまを利用させていただくつもりです。……どうして、そんなことがわかったのです。……と、当の神仙本人なら、そもそも、こういう質問こそ無意味でしょうが。張果さまなら何でも見通せるのでしょうから」

だが張果は兄である李隆基の手のものかもしれない。こんな隆昌の考えが知れ渡ると、どうなるかわからない。

——でも、どうにもできないことだわ。

開き直るしかない。隆昌は口をつぐんで張果に摑まれた手首をさすりながら彼を見据えた。張果は肩をすくめて答える。

「何でも見通せるわけでもないよ。僕にだってわからないことくらいはあるよ。たとえば君が僕に対して、どう思っているのか」

「……え？」

「僕は、人のことはわかるけれど僕自身のことはわからないんだよ。だから君にこうして質問をしているんだ。僕の助けはほしくない？　こういうのは初めが肝心だからね。君に、なるべくできることをしてあげようと思って」

まったく張果の考えていることがわからない。隆昌は眉根を寄せながらも、先程とは違って逆に張果の腕を摑んで隆昌のほうに引っ張った。

「それならまず、白い驢馬に乗せてください。きっとそれが一番です。私の後ろに神仙にいるとわかれば神性にも箔《はく》がつきます」

そして張果の乗った白い驢馬に飛び乗った。

張果は後ろにいる隆昌に顔を向けながら言う。

「……もう一つ助言を。入道の儀式に君の力をうまく使えばいい」

「……どうして、それを」

隆昌が持つ天性の力は空の様子や風の動き、大気の匂いなどから天候を読み取れること。だが、それをどうして張果が知っているのか。すぐに考えを切り替える。彼はある程度、考えを読み通せると先ほども言ったからだ。張果は言葉を続ける。

「たとえば今はちょうど春から夏にかけて雨が降っていない。だから君が入道した儀式のときに雨が降るだけで、それを奇跡だと人々は感じるだろう」

「その案も面白いですが、とっておけるものはとっておくべきです」

「あ、じゃあ、それを考えた上で、他にもやろうとしていることがあるんだ。……ああ、なるほど。僕はそういう考え方は好きだよ。より効率的で効果的なものを選んだほうがいいからね」

まるで考えを見透かされているかのような、いや実際見透かされているのだろう、そういう態度を取られて、これ以上は深掘りされたくなく話題を逸《そ》らすために、そして気になっていたのもあって確認する。

「……どうして張果さまは私を手助けしてくれるんですか」

「面白いから、興味があるから、それじゃ不十分かい？……なら、そうだな、その話をする前に……僕が君と最初に出会ったときのことを覚えているかい？」

「……父さまに挨拶されたときが最初だったかと思いますが」

――ごとり。

驢馬の身体が揺れた。落ちそうになって慌てて隆昌は前に座っている張果に抱きついた。

「覚えていないなら、それでもいいいんだよ。僕としては残念なことだけどね」

――違うというのか。

考え込む隆昌に張果は小さく息を吐きだして驢馬の頭をひと撫《な》でした。

「いいよ、いつか思い出してくれたら、それで。……そう、僕も君の中に光を見出しているんだよ。青くさい話だと思うだろ？　僕もそう思うよ。だけど仕方ない。本当のことだからね」

――私が何をしたのだろうか。

まったく心当たりがない。

摑みどころのないと隆昌は感じながらも驢馬に揺られるのだった。

◆

道教に入道した場合、在家か出家かの二つに分けられる。こうした出家した道士が住み込み、修行を行い生活する宗教施設を道観《どうかん》と呼ぶ。これは仏教と同じように男女別で運営されている。長安に道観を建築するときには、経済の観点からでは朝廷からの給付と貴族や富豪の寄進供養によって成り立っているが、他には民に法事を行って得た収入によって運営されている。

今から九十年ほど前の武徳《ぶとく》四年、高祖《こうそ》が宗教としての立ち位置、仏道というものを周知させたいがため、全国各地に同数の仏寺と道観を残す旨の命令を下したのだ。皇城内の道観については、皇帝の詔勅によって建てられたもの、王侯貴族の屋敷改築によって建てられたものがある。他にも罪人の家宅が没収されて道観にさせられたこともある。資金が潤沢に作られた建物が多いため、いずれも広大かつ壮観な造りで、当時の長安城内の典雅な庭園となっていたほどだった。

ここは長安から少し離れた山に位置する道観だ。

そこに史崇元がいるのだ。

資金の潤沢さを感じさせる華やかな庭園に隆昌は心中、頭を抱えた。

しょせん出家とは形ばかりだ。道士とは裕福で権力のある人間が成りやすく、遊んで暮らすためのものと化しているのだ。それでも崇元はまだ政界の中ではまともなほうだ。資金も貧しい出だからこそ金の大切さを理解しており、だからこそ貯蓄しているのかもしれない。

招かれた部屋に入って隆昌と張果は崇元と対峙《たいじ》するように座る。

「これはこれは……わざわざ公主自らいらっしゃるとは……。それも神仙である張果さまもお連れいただけるとは」

崇元は顔をほころばせながら言った。

「さて、何の用事ですかな」

ここからが本番だ。

隆昌が今より特別になり、力と影響力を持つため、史崇元を利用する。そのための取っ掛かりとして、重々しく口を開いた。

「太平公主さまの件です」

その言葉を聞いて崇元は苦笑した。

「やれやれ、儂《わし》としても、その話はあまりしたくありませんが……」

その話を聞いて隆昌は胸の前で手を組んで微笑みながら言った。

「そういうことでしたら、しばらくその話はやめましょう。……どのような話題にしましょうか。……あ、ちなみに、それは何の飲み物ですか?」

わざとらしく話題を変えたのを当然、崇元も気付いているのだろう。「お気遣いを……」と苦笑している崇元を見ながら、隆昌は中央に置かれている鍋に視線を落とした。崇元も話をしたくないと言った手前、付き合ってくれるようだ。

——そうだ、ここで付き合ってくれないと困る。間違いなく相手の嫌がる太平公主の話題を出して空気を悪くしたのだから。

崇元は、こほんと場の空気を変えるかのように咳払いをすると隆昌に言った。

「ああ、これは……なんだと思いますかな」

「鍋の中をよく見せてくださいね」

隆昌は身をかがめると、鍋を覗《のぞ》き込む。ネギ、ショウガ、ナツメ、ミカンの皮、ハッカが煮立てられている。団茶だ。ここ長安は北の地であるため、茶が採れない。茶の産地から運搬する必要があるので、保存が利く団茶にするのだ。団茶は茶葉を蒸し、箱に入れてついて叩《たた》き、あぶって作られる。それを石ですり潰し、粉にして沸騰した湯に投げ入れる。材料を煮立ち、匙《さじ》でゆっくりとかき混ぜたらできあがりだ。

「……団茶なんですね。ちょうどよかったです」

「……ちょうどいい？」

訝《いぶか》しげに首を傾《かし》げた崇元に隆昌は言った。

「ええ、実は試したいことがありまして……実は、最近、どうも人の言葉で説明できない現象が私の周りで起こっているのです」

「ほう、それは……どういったものですかな」

身を乗り出してきた崇元に隆昌は苦笑しながら瑠璃《るり》の碗《わん》を手にして言った。

「それなら少し見ていてください。それでは、この団茶《だんちゃ》を……」

隆昌は彼から瑠璃の碗を受け取って、軽く口をつける。

大きく眉根に皺《しわ》を寄せた。

そんな隆昌の表情を見て崇元が慌てながら言う。

「どうしましたかな？　お口にあいませんでしたか？　もともと団茶自体、あまり人に好かれるような味をしているものではありませんが」

「いえ……既に変化が生じています。崇元さまも飲んでみますか？」

そして隆昌はゆっくりと瑠璃の碗を崇元に差し戻した。

崇元は不思議そうな顔をしてその碗に口をつける。

「……これは！」

崇元は瑠璃の碗を傾けて、一気に飲み干した。驚愕《きょうがく》の顔を隆昌に向ける。

「不思議なことだ……。団茶だったものが酒に変わっている」

崇元の顔を見て隆昌は困惑しながらも言った。

「そうなのです。こうしたことが身の周りで起こっているのです」

「なるほど……元々あなたは神仙である張果さまのお気に入りでもありましたしな。こういう奇跡のような出来事が起こる神性をお持ちだと」

そこまで言って崇元は張果へと視線をやった。たどたどしい口調で言葉を続ける。

「……かの太平公主の一件からですかな」

「いいえ。実は、だいぶ前からです。物心のついた頃から……」

これは大嘘《おおうそ》だ。

ここで隆昌が行いたいのは神性を高めることだ。

崇元は焦燥感《しょうそうかん》を露《あら》わに張果に顔を向けて言った。

「もしや、だからこそあなたが……」

「ええ。そうです。張果さまは私の才能をみこしていたのです」

これも大嘘だ。

隆昌は張果の言葉を遮って答えた。張果は無言のままだ。それに乗じて隆昌は言葉を続けた。

「しかし、私は自分の不思議な力をずっと知ってはいましたが隠してきました。ですが、この時期にこんなふうに道士になれと言われるなんて。もしかすると太平公主は私のこの力を知っているのかもしれません。ですが私は怖いのです。私はこの力のことをよくわからないので……」

隆昌は戸惑いがちに、彼を見据えて瑠璃の碗を返した。

崇元は苦笑しながら返す。

「まあ、太平公主はそんな単純な人でもなく、また理論的に動くような人間ではありませんよ。彼女の思惑を考えても深みにはまるだけなので、やめたほうがいい。……一番いいのは、相手にしないことなのですがね。しかし、なるほど。これで太平公主があなたを推した理由もわかりました。あなたがここに来たのは……」

「はい、私の事情をお話するためです。……もう一つ、大事なことも」

「なんですかな」と頭を小さく動かした崇元に隆昌は薄く笑みをたたえた。

——ここからが大事だ。元々これをお願いするために、ここまで話を持っていったのだ。

隆昌はゆったりと笑いながら口を開いた。

「――主に二つほど、お願いがあるのですが。一つは儀式の行う時刻、もう一つは用意してほしい物資を。入道の儀式に必要なのです」

◆

隆昌は白い驢馬に乗って揺られながら帰路についていた。前にいる張果が隆昌に話しかけてくる。

「それで、どうやってお茶を酒に変えたんだい?」

張果の問いに隆昌は、ふふ、と笑いながら答えた。

「ちょっとしたお芝居です。元々袖の中に酒を入れていて、瑠璃の碗を飲み干したあと、崇元に渡す間に私の顔を見るように促して、その隙に杯に酒を入れ替えました」

そう隆昌が答えると張果は首をひねりながら答える。

「ふぅん、なるほど……ねえ、今日、僕は君の味方をしたんだから、何かお礼をもらえないかな?」

「お礼ですか?　この場所で?　餌ならすぐに用意できるのですけれど」

餌とは普通の食べ物ではない。薬剤などを混ぜた栄養食品のことだ。

「君からもらえるのなら何でもいいんだよ」

嬉しそうに頬を緩ませ、声を弾ませる彼に隆昌は恥ずかしくなりながらも満面の笑顔を向ける。

「ところで、崇元に頼んだこと、うまくいくといいね。でもうまくいくということは、同時に……」

「覚悟はできています」

笑顔はそのままに隆昌は張果に言い切ったのだった。

◆

「――さあ、儀式を始めるのですね」

神聖なる場所とされる山の頂上にたどり着き、隆昌は儀礼用の馬車から降り立ろうとした。六頭の巨大な驢馬は華麗な礼装で飾られていたが、隆昌の着ている儀礼用の服は真っ白で質素のものだった。高貴を示す赤で染め上げられた道士服も勧められたのだが、隆昌は断ったのだ。

空は少しだけ夜に差し掛かり、薄い雲がたちこめる。文字通り暗雲とした雰囲気が漂っていた。

「急に時期が変更になるなんて……」

「おかげで準備が面倒なことになった」

儀礼についてきた上清派の道士たちのぼやきが聞こえる。

入道の儀式の開始時刻が崇元の提言によって変更になっていた。

「あの格好……皇帝の娘じゃないか。もっと豪華に装うと思っていたが」

「なんでも母親をはじめとして、政争で亡くなった者たちを弔うと聞いたが、果たしてどこまで本当なのか」

「しょせんは太平公主の息がかかった者よ」

「しかし、いじらしいものよな。姉妹ともども出家とは」

「そう言っても妹のほうが先とはな」

「お前、知らないのか。姉は身体が弱くて使いものにならんらしい。儀式も頃合いを見て行うらしく、日程も延びたそうだ。いつやるかも決まっていないらしい」

「ああ……死にかけているのか」

「ここにも来ているようだが、少し下がった場所で儀式を眺めているそうだ」

「なんだ、それは。そんな中途半端なことをするくらいなら、来なければいいものを」

周りから聞こえてくる声に隆昌は顔を歪《ゆが》めそうになったがやめた。

今は厳粛な雰囲気に包まれている。ここで隆昌は神格化を高めなければいけない。

もうすぐだ。

「雨だ」

どこからか声が聞こえた。さっと通り過ぎるような雨が降ってきたのだ。

馬車に戻るように言われる。

ぽつぽつとした雨音が馬車の上から聞こえてくる。それほど激しくはないようだ。

一緒に乗っていた道士が隆昌に話しかけてきた。

「儀式は大丈夫でしょうかね」

隆昌は道士に微笑みかけながら答えた。

「……安心してください。この雨はすぐにやみます」

「わかるのですか」

「はい。そして神仙が私の入道を歓迎してくれます」

「それはどういう……」

訝しげに尋ねてくる道士に隆昌は柔らかい笑みはそのままに答えを返す。

「それは私が天候を操る力を持っているからです。……ほら、もう雨は上がります」

そして隆昌はその道士の制止を振り切り、馬車から降り立った。

瞬間、まるで隆昌の降り立ったのと合わせたように夕焼け色の空に透き通るような細い虹がかかった。

周囲の道士たちがざわつく。

「あの空は……」

「まるで隆昌公主を歓迎するかのように虹が……」

「まさか隆昌公主が天候を操れるというのは本当だったのでは……？」

「いや、それよりも隆昌公主の服を見てみろ」

「そんな……真っ白だったのに……」

隆昌の着ていた白い道士服がその夕闇色と虹に染まり、まるで時がうつろうかのような儚い色合いを見せたのだった。見る角度によって色鮮やかに変化するその姿に、周囲の喧《けん》騒《そう》がいっそう増していく。あまりの美麗ぶりに感嘆の吐息すら洩れているようだった。

隆昌は歩み寄ってきた崇元を前にして、静かに笑いながら拝礼したのだった。

「玉真《ぎょくしん》の名を――賜ります」

◆

入道の儀式も終わり馬車に乗り込んだ隆昌――名を改めて玉真は既に座っていた張果に驚いた。

「ど、どうして?」

「うん? ずっといたよ?」

純粋な双眸《そうぼう》で張果は玉真を見つめてくる。玉真はどう返していいかわからず、戸惑いの声を上げる。

「い、いやいや、だ、だってそんな、え?」

「冗談だよ。君を驚かそうと思って先回りをして乗っておいたんだよ。妙なことを言ってごめんね。お詫《わ》びに帰りは僕の驢馬に乗る？」

無邪気に笑う張果に玉真は頬を少し膨らませながら言った。

「さすがに山道は大変そうなので結構です」

「状況見極めて社交辞令も言わずに断る君のことが好きだよ」

「そ、それは、もう少し柔軟に応じるべきだと、そう遠回しに言っているんですか？」

玉真が慌てて言うと張果は首を横に降った。

「まさか、言葉通りの意味なんだけど」

「……は、はいはい、そうですか。それで今回は何を考えてここに来たんですか」

入道の儀式に張果が監視に来ている可能性は織り込み済みだ。だからこそさっさと問いただしてみる。だが、そんな玉真の勢いにも、どこ吹く風だ。

「うん、褒めたいなって思って」

「褒める？」

「うん、すごく美しかったよ」

その言葉に玉真は思わず噴き出してしまった。

張果は不思議そうな顔をして首を傾げた。

「どうしてそんな反応するの？　僕はどこかおかしなことを言ってしまったかな？　ものすごく君がびっくりしているように見えているんだけど、失礼なことを口にしてしまったかな？　まずかった？」

「そ、そんな、そういうのじゃないんですけど」

――どうして張果さまはそんなことを言うのだろう。

どうにも張果の思惑が読めず、玉真はわなわなと震えながら言葉を発した。

「も、もしかして本気で私のことを褒めているんですか」

「そうだよ、本気だよ。もしかして本気にできない？」

「本気もなにも……またまた冗談を……」

どうしよう、戸惑いが止まらないのだ。

何を言えばいいのかすらわからず、言葉を迷っている玉真に、張果は苦笑しながら手をさっと振った。

「どうしようかな、困っているように見えるよ。じゃあ、別の方面で褒めようか」

「ずいぶん素晴らしい羽毛で仕立てられた毛裙《もうくん》じゃないか。あれ、どこから手に入れたの？　そんな人脈、あるように見えなかったけど」

――う。

玉真は言葉に詰まった。張果が何を言おうとしているのか、わかったからだ。

張果は得意げな顔をして言葉を続けた。

「もちろん素晴らしかったのは君の容姿そのものなんだけど、そこまでに至る過程も素晴らしかったね。どこがどうなのか丁寧に説明したほうがいい？」

「ここでは、やめてください」

慌てふためく玉真に張果は薄い笑みを浮かべながら言う。

「安心してよ。馬車を引くものも僕の関係者だから話を聞かれても大丈夫だよ」

どこまでも用意周到ということだ。

――本当に、張果さまの考えていることがわからない。

困惑の極みに至っている玉真に張果は人差し指を立てながら言葉を続けた。

「まず一つ、君はいつもの天候を読む力を使ったね。雲の動きや風の流れを見て、空気の状況を把握して、小雨が降る時期、そして虹が出るときを見計らって、その日時を崇元に提言した。君が入道の儀式に虹がかかれば、それこそ神秘的な演出を仕立て上げることができるからね」

その通りだ。

張果は玉真の思惑をすべて当てている。

相変わらず食えない人だと思い知っている気持ちを察したのだろう。張果はそんな玉真を面白がりながら言葉を続ける。

「もう一つは、君のその着ている道士服。上着はそうだけど下はそうじゃないよね。下は毛裙だ。白一色に染め上げられたように見えるけど、光の角度と見え方で様々な色彩に映るように編み上げられている。さらに薄く百鳥《ももとり》の文様も編み込んでいる。その衣ならたしかに虹や夕闇色を背景にこれ以上となく君を華やかに見せることだろう」

そこで張果は思い当たったように手をぽんと打った。

「ああ、なるほど、その毛裙をもらうための崇元との交渉だったね。どちらにせよ、ここまで仕立て上げた君には素直に感服するし、好印象を持つよ」

「好印象……」

一体、何を言いたいのだろう。急に出てきた言葉に玉真がその思惑を図りあぐねていると張果は目を丸くしながら人差し指をくるりと振って言った。

「どうして、そこでそんな顔をするの？　好きってことだけど」

「あ、ああ、いえ、その、そういうことを言われたことはあまりなく……は？」

「僕は毎日のように君に言っているつもりだったんだけどな」

「いや、本気にしていませんから。単なる挨拶のようなものでしょう、その、張果さまのそれは」

「あ？　そう受け取っちゃうか？　そうか、それなら仕方ないかもね。どうしたら本気にしてもらえるのかな？　どうすればいい？」

「どうもしません」

そこまで言い切ってから玉真はがちがちに緊張しきった身体の力を緩めるために、息を大きく吐き出した。目をぱちぱちと瞬《まばた》きさせながら張果は顎に手を添えて言った。

「好きという単語を増やせばわかってもらえるものなの？」

「数を増やせばいいというものでは……」

こんなやり取りをしていることが馬鹿らしくなって玉真は頭を抱えた。その間に自然と身体から力が抜けたようだ。

それを見て張果が満面の笑みを浮かべた。

「……うん、良かった。そういうふうにいつもの君を忘れないようにするといいよ。僕を息抜き相手に使ってもらえたら、なお良いね」

何が良いというのだろうか。

突っ込みどころがわからず玉真は、再び息を大きく吐き出したのだった。

◆

入道の儀式から長安に戻って数刻。

皇城《こうじょう》には天子が住む太極宮《だいきょくぐう》、皇太子が住む東宮《とうぐう》、王妃や宮女たちの住む掖庭宮《えきていきゅう》がある。玉真と姉は掖庭宮に一旦はその身を休めることになった。数日後に、本来二人が住まう適切な場所を案内してもらえる手はずになっている。

入道の儀式こそ終わっていないが、姉の西城もひとまず道士として金仙《きんせん》の名前を賜ることになったのだ。

屋敷に戻った玉真は、姉である金仙の部屋を訪ねていた。

寝台に寝そべった金仙は少しだけ身体を起こした。

「とても綺麗《きれい》だったわ、まるであなたを歓迎するかのように、華やかな虹がかかるなんて……神仙のお恵みかしら。私も時期をずらして入道の儀式を行うことになったのだけれど……でも、少し期間をあけたほうがいいみたいで。まだ先になりそうなの」

そこで金仙は恥ずかしそうに笑いながら言葉を続けた。

「隆……じゃなかったわね。もう玉真だったわね。私も新しい名前をもらったわ。金仙公主。道教のかつての導師にちなんだ名前のようなの」

そこで金仙は不安そうな表情になって言った。

「……あのね、父さまから使者を通じて言われたの……私、洛陽《らくよう》に移ったほうがいいみたいなの。というか、私の存在自体、長安にいることを快く思っていない人たちが多いみたいで……その人たちに何か言われたのかも……私、どうしたらいいのかな」

危ない長安から離したいのか、それとも本当に邪魔者扱いなのか、他に思惑があるのか。睿宗《えいそう》の考えはわからない。玉真は首を傾げながらも言った。

「わかったわ、それは私が何とかしておくわ。姉さまは何も心配しなくていいわ」

「ごめんない。いつも迷惑かけて。こんな私でもできることはないかしら」

そう金仙は申し訳なさそうに返答した。

金仙は玉真の負担になっていることに負い目を感じている。

ならば金仙に何かを頼み込んだほうがいいだろう。少し考え込んだのちに玉真は最近の張果について話をすることにした。どうにも張果の考えがわからないからだ。

「そ、それなら……ちょ、ちょっと相談したいことがあるんだけど……」

どう言葉にしていいかわからず、少し悩んで思い切ってはっきり尋ねることにした。

「聞いて、姉さま、張果さまのあの神仙らしい、飄々《ひょうひょう》とした雰囲気がすごく苦手で、近づかれると緊張するというか……よくしていただいているのがわかるのだけれど」

その言葉を聞いて、金仙はぱあっと表情を輝かせた。

「な、なに、姉さま、その顔……」

戸惑う玉真の言葉に金仙は頰に手を添えながら言う。

「あら、あらあら、まあまあ、まあまあまあ」

「だ、だから、何なのかしら、その反応は」

「うふふ、あらあら、果たしてそれは本当に苦手という感情なのかしらね」

それなのになぜか金仙はどこか意味ありげな笑みを返してくる。玉真は慌てふためきながら言った。

「に、苦手に決まっているじゃない。だ、だって神仙さまなのよ。何を考えているかわからないし。な、なんか変なことをよく言われるし」

「変なことって？」

不思議そうに尋ね返す金仙に玉真は何も言えずに押し黙る。「だから何を言われているの？」と何度も質問してくるので玉真は引きつった笑みで言い返した。

「な、なんでもない、へ、変なことを相談してしまったわ。だ、大丈夫、きっと何とかするわ」

「張果さまとのあれこれは何とかしてどうにかなるものなの？」

「え、ええ、まあそう！　大丈夫よ、ごめんなさいね、気にしないでね！」

引きつった笑みのまま玉真は「じゃあ、もうこれで失礼するわ」と一言、戸惑う自分をこれ以上、見られたくなく、そそくさと屋敷を出ていく。

——つまらないことを姉に相談してしまった。

自分の気持ちを持て余しながら自分の屋敷に帰るために馬車に乗ろうとする玉真は背後に人の気配を感じて振り向いた。

そこにとんでもない人物を見つけて目を瞠《みは》る。

「……太平公主」

唖然《あぜん》とした玉真を面白そうに眺めながら、鈴の鳴るような可憐《かれん》な声で太平公主は言った。

「こんにちは、いきなり目の前に現れて驚いているのよね？　わかりやすいわよ、その反応」

「蒲州《ほしゅう》に戻られたのでは」

「ああ、あれ？　あれは嘘よ。だって現にこうしてあなたに挨拶できているじゃない」

「……その、後ろにいる人たちは」

「うふふ、これ？」

数十人の女官が六尺棒を携《たずさ》えて、立ち並んでいる。玉真は思い出す。太平公主は武則天《ぶそくてん》の愛人であった破戒僧、薛懐義《せつかいぎ》を暗殺したとの噂《うわさ》があった。武芸を収めた三〇人の女官を侍らせ、懐義を苑中《えんちゆう》に誘い込むと、侍女たちと共に六尺棒で殴打したのだ。撲殺された懐義は、その後白馬寺《はくばでら》に運び込まれて、焼かれて処分されたという。ならば彼女たちも若いとはいえ、それなりに武芸を嗜《たしな》んでいると考えたほうがよいだろう。

どうなるかわからず、相手の思考を読み取ることは無意味だと理解しつつも、玉真は背後にいる太平公主に問いかけた。

「これは一体、何の真似ですか」

その瞬間、太平公主が腹を抱えて顔を歪めて哄笑《きようしよう》した。

「あはははは、その顔よ、その顔。その顔だけが見たかったのよ。いいわね、うまく物事が動いたのに、急にこんなことが起こって驚いたのでしょう？　何でもかんでも理屈で動くとは思わないことね、とくに、この私が」

「なぜ……」

「まだ理由を聞くの？」

太平公主は顎に指を添えて言葉を続けた。

「あなたは勘違いしているわ。別に、本当にそこまで政治的な理由などないのよ。本当に私はあなたを驚かせにここに来ただけよ。そういう気分になっただけよ。気まぐれというやつよ。私の行動で何がどうなろうが、今は本当にどうでもいいの。私は私の気持ちを満たしたいだけ」

そこで太平公主は薄暗い双眸をしたまま不気味な笑みを作った。

「目的は果たしたから、もう帰るわね。ありがとう。楽しい一時を過ごせたわ。本当なら今のこの時期にここにいるわけにはいかないの。それはわかっているけど、つい遊びたくなったのよ。仕方ないわよね」

「もう帰る……と……」

「あ、ほっとした？　どうしてほしい？　ねえ、どうしてほしい？」

そこまで話した太平公主は再び腹を抱えて大笑いした。

「あっはははは、意味はないわよ、こんな質問に。だって結局、私は気分のままに動くだけなんだもの。どうしましょうかしら、このまま長安に居続けて、あなたの姉の入道の儀式を見に行ってもいいのだけれど」

――それだけは嫌だ。こんな女が姉さまに近づくなど。

そんな玉真の警戒が伝わったのか太平公主がぴたりと笑いを止め、低い声で言う。

「やぁだ、そう、そうよ、沈黙こそが正しい選択肢よ。でも、私としては個人的にはそういうのは好きじゃないわね、だって楽しくないもの。もっと楽しいことができたらいいわね。……安心して、ちゃーんとあなたが嫌だろうが、あなたの姉の儀式は見せてもらうわ。別に離れた場所にいたって、手にとるようにそういうのはわかるものなの」

太平公主は低い声音のまま言葉を続ける。

「それとは別に、もっとあなたの奇跡を見せてほしいわね。今日は驚かせてしまって、申し訳なかったわ」

そして顔を上げたときは、すでに優雅で淑《しと》やかな女の顔に変わっていた。

あれが太平公主。

立ち去る背を見送りながら玉真は拳を握り締めながら呟く。

「なによ、本当にとんでもない化け物だわ」

「ずいぶん、虐《いじ》められたね」

「ひっ」

急に後ろから声をかけられて玉真は驚いた。肩を震わせて慌てて振り向く。

「張果さま」

そこには白い驢馬を従えた張果が不満そうな顔をして玉真の真後ろにいた。

呼吸の感じられるくらいの距離に、玉真が慌てて飛び退く。

「どうしてそれほどまでに不機嫌なんです。いえ、それよりも、どうしてここに」

「どうしてもこうしても。興味のあるものを観察するのが僕の生きがいなんだから、面白そうな状況に遭遇したのなら眺めて楽しむに決まっているだろう。でも……」

そこで張果が深くため息をついて白い驢馬の首を撫で上げた。すると白い驢馬が荒い鼻息を出しながら嘶《いなな》き、後ろの足で乱暴に土を蹴り上げた。驢馬の飛び散った涎《よだれ》と舞い上がった砂埃《すなぼこり》に不快感を覚えた。

「……お怒りなのですか」

そう恐る恐る問いかける玉真に張果は再びため息を吐いて、白い驢馬に乗った。玉真を見下ろしながら、淡々とした調子で言う。

「いや、君、もう少し警戒心持ったほうがいいよ、今めちゃくちゃ殺されるところだったよ。あくまで太平公主の気まぐれで見逃してもらっただけだよ。……いや、これは僕が悪いのか。だって、ろくに説明もしないで見ていただけだしね。なら、ここは最低限、君にちゃんと協力するべきだろうさ」

そう言う張果はどう見ても友好的な雰囲気ではない。

「はあー」とわざとらしく張果は、既にため息ですらない、深く息を吐き出して玉真から顔を背けて言う。

「いや、あのね、太平公主って他の人もそれらしいことを言っていたと思うけど、基本的に太平公主は何をしでかすのかわからない、水風船のような、ある意味、情緒不安定なように見える性格をしているんだ。だからこそ、実際に彼女が行動した場合、注視する必要がある。ほぼ、ふわふわした行動に見えても、何かしら彼女の利益が出るように計算もしている。本当に意味がわかんない、めちゃくちゃな女なんだよ」

玉真はこくんとうなずく。

ここまで張果が露骨に不機嫌な感情を出すのは珍しいことだ。いつもは何を考えているのかわからないような素振りを見せているからこそ、ここは素直に聞いておくべきだと感じたのだ。

「今回、あれだけの戦力を引き連れて君の前にやってきたというのは、君を威嚇する意味もあっただろうけど、それで君が反抗したのなら殺してもいいとも考えていたんだよ。なにせ上清派の象徴として選んだのは君たち姉妹なんだから、最悪どちらか残っていればいいんだよ、と。君の使いやすさがどのくらいか調べに来たのもあったんだろうけど」

「生き残ったということは、とりあえず合格点には達したということなんですか」

張果はその問いにははっきり答えず、代わりに棍棒《こんぼう》を投げ落としてきた。床に転がったそれを呆然《ぼうぜん》と見つめながら、玉真は「これは……？」と問いかける。張果は腕を組みながら冷え切った声音で言った。

「とりあえず君に戦えるものを渡しておくよ。というか、そもそも何も所持していないとも思わなかった。身を守る術《すべ》を持ってもらわなきゃ困る」

玉真は「う……」と小さく呻《うめ》き声を上げた。張果の言葉ももっともだからだ。慌てて棍棒を拾い上げた。

あまり馴染《なじ》みのない触り心地に困惑しながらも、ゆっくりと張果を見上げた。

「申し訳ありませんでした。張果さま」

「うん、反省してね。そうそう簡単に死んでもらっても困るんだよ。僕が直々に棒術を仕込むので、ちょっと覚悟しておいてほしい。僕はわりと本気で怒っているんだよ」

張果の言葉に玉真は深々と頭を下げた。自分の甘さや覚悟のなさを恥じたからだ。

「本当にわかったかどうか確認していい。もう一つ、嫌なことを聞くよ。……ねえ、どうして蒲州に飛ばされた太平公主がわざわざ水面下に行動して、長安に戻ってきたのかわかる？」

「それは……」

口を開きかけたそのとき、生温い水が口の中に入り込んだ。雨が降ってきたのだ。

雨の勢いは激しさを増していく。服にも雨水が染み込んで重みを増していく。

まるで身体全体が地上へと引きずられるような感覚だ。重苦しい。この雨ですら張果が意図的に引き起こしているのではないかという不快感に目眩《めまい》がしてくる。それでも玉真はその場から動けない。

考えなければ。これ以上、張果を失望させないために。

玉真はしばらく沈黙したのち、先日、出会った睿宗と太平公主のやり取りを思い出す。睿宗は執着と依存心を太平公主に向けていた。何をするにも太平公主の顔色を窺《うかが》っていた。

「父さまを動揺させるため……」

その言葉に張果はふんと鼻息を漏らした。そこに嫌な感情は込められていない。どうやら正解だったようだ。

「そうだよ、皇帝に影響を及ぼすためだよ。君も実際に見ただろう。実際に睿宗は太平公主の手の内だ。それは多少距離をおいたところで変わらない。それどころか、時間が経《た》てば経つほど睿宗の心は不安定になっていく。太平公主はそれもたしかめたかったのだろうよ。……睿宗はあの通り、自分の判断に自信がないというより責任を持ちたくないという性格だしね」

そこまで言って張果はぱちりと一回瞬《まばた》きをした。彼を取り巻いていた苛立《いらだ》ちの空気が薄れていく。ようやく機嫌を直してくれたようだ。

「今回、君に威圧を与えたことも、程なく睿宗に伝わるだろうね。まったく面倒なことだよねえ」

「私は、今日、太平公主に会ったことを誰にも言いませんよ？」

「君が誰かに言わなくても、普通に色んな人に伝わるから気にしなくていいよ。隠す必要はない。それも太平公主の思惑のうちだ。……さて」

にこりと作りものめいた笑みを浮かべた張果の表情を見て嫌な予感を覚える。

「それではちょっと今から棒術の勉強をしてみようか」

「今からですか」

「そうだよ。とりあえずこうして雨が降っている中、いきなり目の前に君が現れたら、相手は驚くだろうから、その隙を狙ってね。むしろそこしか勝機がないから頑張ってね。大丈夫だよ、そんなに数は多くないし、強くもないから」

「えっ、ちょっ、え？」

戸惑っている時間すら与えられず、激しい頭痛が襲ったかと思うと、目の前の景色が不気味に歪んだ。瞬きの間に景色が切り替わる。

妙な浮遊感と酩酊感《めいていかん》を味わったあとに目を見開くと、そこにぼろ切れのような服を着た男たちが驚愕の表情で身体を強張らせて玉真を見つめていた。

——雨の中から現れた女道士が颯爽《さっそう》と盗賊退治をする。絵になると思わない？

暗雲の中から張果の笑い声が聞こえたような気がして、玉真は口の端を引きつらせた。

「趣味が悪すぎる」と思わず悪態をつきながら。

その後、暗雲を切り裂くように一人の女道士が現れて、民を襲っていた盗賊を夜な夜な倒していくという噂がまたたく間に広がっていった。そしてその女道士こそ、入道の儀式で雨が降り止むことを予言し、まるで神仙たちが入道を歓迎しているかのような、これ以上となく美しい虹すら披露した玉真そのものだとも。

第三章

皇城《こうじょう》には公主の食封《じきふ》を管理する役所の公主邑司《ゆうし》がある。玉真《ぎょくしん》は公主邑司に来ていた。この役所では多くの役人が公主の封戸から税をとり、田園、倉庫、財物収入などを取り仕切っている。この公主邑司も寄棟造《よせむねづくり》と呼ばれる造りでできており、下層の屋根が巡らされていた。

その公主の執務室で玉真は机上に置かれた帳簿に目を通していた。玉真の仕事に関わった令《れい》、丞《じょう》、録事、主簿などの仕事を請け負った役人を取りまとめているのは彼女自身であったからだ。夜は入道する女を保護し、昼は公主邑司で、役人たちと自分の封戸の管理を行う。それが玉真の一日の仕事だ。

「私と金仙《きんせん》公主の道観《どうかん》建築ですか」

玉真は眉を顰《ひそ》めて、眼前の役人である宦官《かんがん》に話しかける。地味でありながら高級な布でできた衣類を纏《まと》う青い顔をした宦官は、困惑した表情を見せている。

「たしかに私や金仙公主が入道したことで、道観が必要になります。ですが、この金銭面においては。……いいえ、金銭面だけの問題ではありません」

玉真は窓から外を一瞥《いちべつ》する。一際大きな喧騒《けんそう》があった。遠くに大勢の男たちが集っている様子が窺《うかが》える。ひとりの男の声を合図にして、千人ほどの人間が大木を曳《ひ》いていく。圧巻だった。大量の人間がいっせいに同じことをしはじめる。ひとつの力に統合される。

大木が徐々に動きはじめた。

わっと彼らを遠巻きに見ていた人々から歓声がわく。

汗の臭いが鼻を刺激したような気がして、思わず玉真は裾で顔の下半分を押さえた。怒号が生じた。玉真は、はっとして顔を上げて外を凝視する。

道観を建築する者たちに石を投げている集団がいた。彼らは険しい目つきをして、建築労働者へ罵声を浴びせている。僧衣を身に着けている者や、みすぼらしい格好をしている者様々だが、この貴族や皇族が住まう地域にふさわしくないように思えた。

「……何故、道教ばかりを……」

「無駄金を使う道観建築など、何の役に……」

罵声の内容は、よく聞こえないが道観建築について反対しているようだった。と、なると僧衣を着ているものたちは、みんな仏教徒だろうか。

道教が優遇されることで仏教徒たちへの不満が高まっているのか。

石を投げていた者たちは、やはり不法に侵入したのだったのだろう。警備兵たちが急ぎ駆け込んで、石を投げている者たちを取り押さえていく。道観建築反対者たちは警備兵によって、強制的にどこかへと連れて行かれていく。

玉真は小さく息を吐いた。

「大勢の民が酷使される様子は、いつ見てもあまり気持ちの良いものではありません」

それに、ここまであからさまに仏教徒たちの反感を見てしまうと。

「それは公主さまが気にすることではございますまい」

宦官に一蹴され、玉真は一瞬だけ言葉に詰まる。

「しかし農業にも影響が出ます。民を建築に回せば、農業は疎《おろそ》かになってしまいます」

玉真は机上に積み重なった大量の書簡に視線を移し、心が沈むのを覚えた。仕事は他にもあるというのに心配事は絶えない。

「今は食糧不足問題もあります。その他対外関係や辺境防衛に対する問題を考えれば、道観建築に資金を回すより、今言った国の問題のほうへ資金を利用したほうがいいと思います。このように道教を優先して資金を回すから、仏教との仲も悪くなるのです」

「はあ、今更そのようなことを申されますか。そういった問題や災害は特別視する問題ではありますまい。定期的に発生する恒例行事のようなものです」

即座に宦官に言い返される。

玉真は宦官の視線の鋭さに、ややたじろいだ。

「ですが実際に民が苦しんで……」

「だから何だというのですか。大体、今、公主さまが仰った問題は、毎年予想されるべき問題でしょう。その年に急に必要とされるようなものではありません。今更な話です」

宦官に冷ややかな口調で告げられた。彼はそのまま強張《こわば》った顔で言葉を続ける。

「余計なことは考えていただかなくてもよいですから、とりあえず書簡に目を通すだけ通してください。その中には公主さまの許可が必要なものもあるのですから」

そのとき戸が開き、別の役人が入ってくる。男に近づくと耳打ちした。男は小さくうなずくと、戸のほうを横目で見やる。

「陛下が公主さまをお呼びのようです」

◆

睿宗《えいそう》に呼ばれて内廷《ないてい》に参上した玉真は、玉座に座った睿宗を前にして早速、拝礼の儀を執り行う。

「陛下」

しかし、そう呼ばれた睿宗は不満そうな顔をした。

「そう呼ばないでおくれ、娘よ」

「ですが……」

躊躇《ためら》う玉真を見ると、睿宗は玉座から跳《と》び上がるようにして立ち上がり、慌てた様子で玉真に近づいてきた。

「わが娘よ！　おお、頼む、儂《わし》からするともはやお前しか信じられる者がおらんのだ。どうか、どうか距離を取らないでおくれ」

「……父さま……」

「そう、そう呼んでおくれ！」

「わかりました」と玉真が答えると睿宗は破顔した。玉真は気を取り直して睿宗との距離を保つ。

睿宗も玉座に座り直し、笑みを玉真に向けてきた。咳払《せきばら》いをして玉真は問いかける。

「して、私にご用事とは……」

「お前たちのために道観を建築しようとしているのだが、既に耳に入っているか」

「――聞いております」

そう、玉真はそれを止めに来たのだ。

「父さま、私たちの道観については存じ上げておりますが、それは……」

「おおお。そうなのだ、嬉《うれ》しかろう！」

睿宗の嬉しそうな顔を見て玉真は口をつぐむ。

皇帝への進言を娘の分際で行うことほど身の程知らずだ。今は睿宗が人払いをしており周囲に人は見えないが、見えないだけで物陰から様子を窺っているのだろう。ここでした会話は太平《たいへい》公主にも李隆基《りりゅうき》にも伝わると思っていたほうがいいだろう。

「聞いておくれ、儂は思ったのだ。今回、亡き母のため、その他の者のためとはいえど自ら祈りを捧たいと願ったお前たちのその気持ち！　誰がなんと言おうが、この儂こそがそれを理解せねばならんのだ！　間違いなくな！」

「父さま……それは嬉しいのですが……」

「どれだけ財をつぎこもうとも、民たちが何を言おうとも！　民だけではなく役人たち、宰相たちですら苦々しく思っているのだとしても！　儂はお前たちのために華美で素晴らしい道観を作り上げるのだ！　だからこそ、儂はお前たちの希望をできるだけ叶《かな》えたい。お前たちが心から望むような道観を作り上げたいのだ！」

そこまで睿宗は言うと頭をかきむしりはじめた。

睿宗の眼窩《がんか》は落ちくぼみ、顔は土気色だ。頰はそげて、歯は黄ばんで汚らしい。

「父さま、お疲れなのですね」

そう玉真が言うと睿宗は引きつった笑い声を上げて言った。

「ああ、ああ、我が愛《いと》しい娘よ。なんていじらしく、そして淑《しと》やかで清純なのだ。そのような澄み切った魂のお前だからこそ神仙に選ばれるのであろうな」

「それは……」

玉真は戸惑ったのちに、正直に話をしてみることにした。今の父親の状態では、変なごまかしをしては話が通じないと思ったのだ。

「父さま、今回の道観の件、民のほうから不満の声が出ております。ご存知でしょうか」

「……う、うむ、多少は耳に入ってはいるが、大したことはないと……」

「それについてですが、やはりこの状況で民衆や仏教の信者たちを無闇に刺激するのは避けたほうがいいと思うのです。たとえば道観の建築はもうやめられないでしょうが、その規模を小さくするなど……」

「何を言うておるのだ！」

　血相を変えた睿宗は唾を吐き飛ばす勢いで玉真にまくしたてる。

「お前たちは我が娘だぞ、母はとうの昔に亡くなったが……それでもこれ以上となく大事な娘なのだ。だからこそ儂から下賜するものはすべての者がひれ伏すようなものに仕立て上げなければならぬ！　規模を小さくするなど、あってはならぬ」

　伝わらない。

　その睿宗の様子で思い知る。玉真の言葉は届かない。

「出過ぎたことを申しました」

　これ以上は刺激できないと判断して謝罪した玉真を睿宗は虚《うつ》ろな目で見つめて指の爪を嚙《か》みながら言った。

「お前はわかっていないだけなのだ、この儂の愛を……」

　玉真は周りを見回した。人払いを命じたからといって、見えるところに人が見当たらない状況に不信感を覚えながらも言葉を選んで口にする。

「その、父さまは誰かに、私たち姉妹の道観建築のことを相談したのですか」

「相談……？」

　そう言った睿宗は深々と息を吐きだして言葉を続けた。

「大切な妹……太平がどこにもおらぬのだ。今まではずっと傍《そば》におったのに……こんな状態で一体、誰に相談をすれば……」

「太平公主さまは蒲州《ほしゅう》に……」

「知っておる！」

そこまで叫んで睿宗は一瞬立ち上がりかけたが、再び力なく玉座にもたれかかる。

「相談できるような相手など、もはや儂の周りにどこにもおらぬのだよ」

諦めたような口調で言う睿宗に玉真は思い知る。

この道観建築は、いわば睿宗の現実逃避なのだ。薄暗く陰湿な政争ごと、孤立した状態で誰が味方なのかもわからない、空疎な皇帝の立場に耐えられなくなっているのだ。そんなときに縋《すが》れるのは、政争から遠く距離をおかされた娘くらいしかいない。娘たちの道観建築に夢中になることで、今の自分の立場を忘れたいのだ。

この状況では玉真がどれだけ言葉を並べようとも睿宗を説得することはできないだろう。玉真では、睿宗の立場をどうにかすることができないからだ。

「だからこそ、せめて儂は愛の形を誰にでもわかるもので仕立て上げなければならぬ」

ぶつぶつと呟《つぶや》くように言う睿宗はぼさぼさになった髪のまま、顔を上げた。

「……どうか、ご無理なさらずに」

玉真は他愛のない気遣いの言葉を口にするしかできない。

その言葉を聞いた睿宗は少しだけ双眸《そうぼう》に光を宿らせて言った。

「おお、おお、心優しき娘よ、だからこそお前のその純粋な心にふさわしい道観にしないといけないのだ。……儂に……儂にできることは……これだけ……」

——この言葉を口にしたところで何も変わらないだろう。

だが、どうしても玉真は言葉を発してしまったのだ。

「……父さま、私にできることはありませんか？　出過ぎた真似ではありますが……たとえば話を聞くだけなら、聞いても、聞かなかったことにしますから、私を都合のいい壁だと思って。少しでも父さまの心の負担が減るというなら」

それを聞いた睿宗は唇を歪《ゆが》めて言う。

「優しいのう、我が娘。ならば言葉に甘えようか。どうか今から言うことは聞かなかったことにしてほしい。……のう、娘よ。やはり儂は皇帝にふさわしくないと思う。今に至るのもすべて儂の望んだことではない。こんな玉座に座っていていい人間ではない。だからこそ……儂は……李隆基に譲位を……」

そこまで言って睿宗は自嘲気味に笑う。

「なぜ、ここに我が妹はおらんのだろうな……。誰でもいい、誰かが儂の傍《そば》にさえいてくれれば。……いや、すまぬ、忘れてくれ」

「はい、仰せのままに。でも父さま、どうかこれは忘れないで。私は父さまの家族よ、どういう考えでも、今まで乗り越えてきた父さまなら、きっと……私は父さまの決断を信じているわ……。父さまがその目で見て、考え抜いた答えだもの」

そしてそのまま内廷を出た玉真は嘆息した。

だめだ。この調子では睿宗は玉真の説得に応じてくれないだろう。

睿宗は止められない。道観建築も同じように止められないだろう。

「父さまの考えを変えるんじゃない。不満を持つ民の考えを変えないと」

呟くように言った玉真は慌てて口を手で塞いだ。

――それなら兄さまも。今の私なら、兄さまも会ってくれるかもしれない。

声に出さずに玉真は言った。

――なんとかしないと。

◆

「そうよね。そんなに簡単にいかないわよね」

こっそり隠れていた玉真は呟く。

東宮《とうぐう》の警備は厳重であった。

東宮の正門には守衛が数人立って、不審な者がいないか眼を光らせて見張っている。それだけではなく、巨大な建築物に巡らされている白石の手すりの周辺を幾度も歩き回り、東宮に忍び込む動物一匹見逃さぬようにしているようであった。

東宮、その名に相応な艶《あで》やかな色彩を使い、繊細な彫刻などで煌《きら》びやかに飾られた建築物だ。しかし、その絢爛《けんらん》さも月光の下でなりを潜めている。静かで、それでいて厳《おごそ》かな雰囲気をたたえた東宮は昼の姿とはうって変わって神秘的な様子を見せていた。

そこから離れた木々の陰に玉真と張果《ちょうか》が隠れていた。

「兄さまに面会を求めたけれども断られたのなら仕方ないですから」

「うーん、変なときに声をかけちゃったかな。なんだか申し訳なくなるね」

そうだ。張果は東宮の周りをうろうろしていた玉真に、突然、声をかけてきたのだ。

「別にわざわざ付き合わなくていいんですよ?」

本音だ。

玉真の言葉に張果はどこか考え込む素振りを見せながら言った。

「いや……ちょっとだけ聞いていいかな?」

「なんですか?」

「そもそも君は変装しているけれども、僕は変装していないわけで……そこらへん、何で何も僕に突っ込んでくれないの?」

そこまで聞いて玉真はため息を吐いた。そして静かに言う。

「それはまあ、そうですけど。私が気付いていないとでも? 変装もしていないあなたがこんなところにいたら、周囲の皆さんはもっと注目しています。つまり今は何かしら術を行使して、皆さんの注目を避けているのでは?」

「うん、まあそうなんだけど、それでも一回は突っ込んでほしいというか。なんかそういうの、ない?」

「……張果さまのお考えはよくわかりません」

「そうかあ、わからないかあ、隆……ああ、名を改めたんだっけ。玉真……うーん、なんだか、しっくりこない、そうだ！」

張果はぽんと手を打って玉真の目の前で人差し指を突き立てた。軽やかに言う。

「持盈《じえい》が君の最初の名前だから、僕は君のことを……持盈と——そう呼びたいな。やっぱりずっと君のことを見てきているわけだし。君の名前がどれだけ変わろうとも、君がどんなふうに変わり果てようともずっと変わらない名前を呼び続けよう。そしたら君も己を見失わないで済むだろうから」

「……はあ……」

そう呆《あき》れたように言いながらも玉真は唾をゆっくりと飲み込んだ。玉真はたしかに恐れてはいたからだ。今の公主という立ち位置を大きく変えようとしていること、その影響力を。それに姉を巻き込むことを。それを見透かされているようにも思えて、さらに柔らかく指で撫《な》でるかのような張果の優しさに触れてしまって、どうしたらいいかわからなくなる。感謝の言葉もうまく口にできない。

戸惑う玉真をよそに張果は声を弾ませて言葉を続ける。

「僕は神仙を目指す君のことを見守りたいけど、君じゃなくなる姿を好きで見たいわけでもないんだよ。できるならば、今の君の透明さのまま、そのくらいの不純物の混じりけ具合のまま眺めたいんだよ」

「……」

――一体、張果さまは私に何を求めているのだろう。

戸惑いすら出せなくなり、押し黙った玉真を見て張果は微笑んだ。

「持盈、別に君に変わってほしくないわけではないよ。どうか己を見失わないでほしい。こんなふうに君に軽々しくお願いすることでもないのもわかっているんだけどね」

「……それで、どうしても私についてくるんですか？」

首を左右に振りながら問いかけた玉真に張果はあっさりとした調子で返してくる。

「うん、君の思惑が気になるから？」

「私の？」

「そう、いや、だってわざわざ忍び込むって……そんなことしても何もならないだろ。ここはおとなしくしておくほうがいいのでは？」

張果の突っ込みに玉真は言った。

「それで？　それで立ち止まって何になるんですか？……今、私に足りていないのは情報です。今の立場なら一度くらいは言い訳がつくかもしれませんし」

「つかなかったらどうするの」

「まあ、そのときはそのときです。……安心してください」

微笑みながら返す玉真に張果はまだ首を傾《かし》げる。

「うーん、君の考えがよくわからないから、やはりもう少し傍にいていい？　僕ね、何をしでかすかわからない、君のことが昔から好きだからね」

「……はあ、昔から……ですか」

やはり何を言っているのか、さっぱりわからない。

玉真には張果の思考が読めないため、ごまかすような笑いを浮かべることしかできない。

適当にあしらうのも失礼だとはわかっているのだが。

「でも、どうやって忍び込むの？」

張果の質問に玉真はしばらく考えて明るい顔をして答えた。

「……張果さま、どうしても私についていきたいんですか？」

張果の顔を下から覗《のぞ》き込むようにして、手に持っていた桶《おけ》を彼に差し出す。

「もし、そうでしたら、一つお願いが。これ、持ってください。用意してきたんです」

「なにこれ……水？」

「ええ。それで、少し離れた場所でぶちまけてください。気配を薄めている今の張果さまが遠くで水をこぼせば、まるでなにもないところから急に水が現れたように見えるはずでしょうから、みんなは驚いて私が東宮に入り込む隙も生まれるでしょう」

「……」

にっこり笑って言い切った玉真を見て、張果は困ったような笑みを向けた。

「ええ、やっぱり僕の力を利用するわけ？」

「ここに張果さまがいないなら他の方法を試していました。さあ、張果さま、いざ！　お願いします。できない、というのなら、ここで張果さまとはお別れです。私はそれでも構いません。仕方のないことですから。元々、考えていたことを実行するまでですから」

「それを僕は見ることはできないの？」

「できませんね。ここでお別れです」

だが、もし張果を追い出したとしても彼は法術を使い、遠くから玉真を観察できるだろう。これは玉真にとって不利で無意味な交渉だ。

そう、彼にとってはあまりに利益がない。逆にこの返答で彼の真意が少しでもわかるといいのだが。

断られることを前提とした話だ。微笑む玉真に張果は何か企《たくら》んでいるような笑みを浮かべながら、どこか確認するかのように玉真の旧名を呼んだ。

「――持盈」

「な、なんですか、そんな顔をして」

「念のために確認しておこうと思って。持盈と、こう呼ぶのは僕だけだよね」

「ま、まあ、そうですが」

「うん、じゃあいいか。それだけでもまあ、こうして君とここで会話をした甲斐《かい》はあるわけだし」

そこまで言って仕方ないというように肩をすくめて返した。

「ここで少なくとも僕は得するものを得られたわけだから、その分は働いてあげる。それにこんなことを言うのもおかしいけど、もう少し君の傍にいたいから、君の言う通りにしてあげる」

「え、ええ」

「なに、その反応は。君に従うんだから、もっと楽しそうにしてくれないと僕は困るな」

「い、いや、それはそうなんですけど……あ、ありがとうございます」

感謝の言葉を告げると張果は子どものような無邪気な笑みを返してくる。

――本当に嬉しそう。

彼を試すようなことをした罪悪感で胸が苦しいが、あえて玉真は表に出さなかった。

そして張果は玉真の言葉に従って、東宮の正門から少し離れたところで、桶の水をぶちまけた。周りは急に起こった不可思議な出来事に目を丸くして集まっている。

「これでいい？」

戻ってきた張果の背中を玉真は押しながら言った。

「さすがです。さあ、今のうちに。建物構造は把握していますから。……ふふ、子どもの頃に忍び込んだことが、こんなときに役立つなんて」

◆

「よくこんな場所を知っていたね」

張果と玉真は屋根裏にいた。埃《ほこり》だらけの場所で必要以上に埃を吸い込まないようにしていた。張果の言葉に玉真は言った。

「さっきも言ったじゃないですか。子どもの頃、私はやんちゃだったから忍び込める場所はたくさん知っています」

「なるほどねえ。それで目的はなんなの？」

「少しでも情報がほしくて。兄さまや太平公主まわりの。できれば兄さまの気持ちを知りたいんです」

「はあ、なるほど。それで、こんなことして……ほんとに？　ほんとにそれが叶うと思っているのかな？」

「それは……あ、静かに。います」

李隆基が。

声に出さずに告げると、張果の表情が引き締まる。

——やはり、ここにいたのね。兄さまは昔からここで大切な話をするのが好きだったから。思った通りだったわ。

昔の思い出を利用するようで気分が良くないが、この際仕方ない。

李隆基は他の何者かと会話をしているようだった。小さな穴からは、机に高く積み上げられた書簡と、床に散乱した大量の紙が目に入った。机には筆と硯《すずり》と墨が並べられて、墨液でも零《こぼ》したのだろうか、黒い汚れが目立っている。

李隆基の姿は見えない。

声だけが聞こえてくる。

「太平公主のことだろう。知っているよ。そして玉真公主のこともね」

李隆基の低くて落ち着きのある声音だ。太平公主という単語が耳に入る。いきなり当たりを引いてしまったようだ。

「神格化を顕した玉真公主……ただ面白いことに民衆の間にその話は広まっていない。儒教や仏教、道教の者が騒ぎ立てている程度だね。まぁ上清派《じょうせいは》からしてみれば、もっと広めたいみたいだけどね」

「その口ぶりでは玉真公主の台頭を望んでいるようだな、殿下」

玉真は耳を澄ます。その声に聞き覚えがある。玉真の師、史崇元《しすうげん》ではないだろうか。無言で二人の会話を聞き続ける。

「まさか、こちらとしても困ったことになっている。玉真公主が道士としてここにいるなら、太平公主を早く蒲州から戻すべきだという話があちこちから聞こえてきていてね」

太平公主。玉真の叔母であり、李隆基の政敵だ。

「あの女は、わりと自分の身の危険に気付いているからね。韋后《いこう》が死に、安楽《あんらく》公主が殺され、残りは自分だけだから。自分の命を延ばすためなら、それこそ何でもするだろうね」

「だが、これからまた、武則天《ぶそくてん》のような権力を得る女が出てこないとも限るまい。太平公主を排除したところで、また同じような考えを持つ女が現れたら無意味ではないか」

「その流れは仕方ないよ。唐《とう》は純粋な漢民族が建てた王朝ではないからね。……唐の皇族自体も北方少数民族の血統だし、鮮卑《せんぴ》族が建てた北魏の政権を継承したため、北方民族化の程度が極めて深かった。北方民族の女性は儒教のような考えには、縛られていないから。彼女たちが馬を乗り回すという姿も見られるくらいだしね。女性に対しては寛容で、その地位は割りと高く、自由奔放であったから」

「たしかに男尊女卑の思想が強い儒教も、今ではすっかり影響力を弱めているな。道教という比較的女性差別の少ない宗教が民衆の間では流行している上、道教では女性の神も存在している。……しかし、だからといって」

「わかっているよ崇元。この流れを黙認する気はない。道教自体は何も悪くはないと知っているんだけれど。武則天と韋后の引き起こした災いは民衆や家族につらい想《おも》いをさせた。僕はこれ以上、私は私の大事なものを傷つけたくはない。だから、僕は近いうちに事を起こすつもりではあるよ。……だけど、その前に手順は必要だ。まずは太平公主をここに呼び戻すよ」

事を起こす。大変なことを聞いてしまった気がする。玉真の心臓の音が速まって、呼吸が困難になる。口から息を吸い込むのも、大きな音を立ててしまってはいけないため、つい慎重になってしまうのだ。

——一体、兄さまは何をしようとしているのだろう。

そこに姉を巻き込むわけにはいかないのだ。

だからこそ情報を集めなければいけないのだ。

しかし道観のことは何一つ触れていない。

結局、そんなのは李隆基や崇元からしてみれば些細《ささい》なことなのだろうか。

――まだ、きっと私たちの存在も。

玉真は自分の存在の矮小《わいしょう》さに唇を噛み締めそうになる。

「……ただ、懸念していることがあって」

李隆基の声音が一際暗くなる。

「太平公主の他にも、仏教のほうで妙な動きがあるんだよ。あなたも知っているだろう。ついい最近までは、仏教は勢力を伸ばしはじめた道教に押されて力が弱まっていた。統率すらとれていなかったのに、今では急に力を蓄えはじめている」

李隆基の声に崇元は嘆息しながら返す。

「それは反対を論じる人たちの顔ぶれをみると、ひとまとめに括《くく》ることは難しいが、総じて科挙系の出身者といえる可能性が高いだろう。科挙出身の官僚が中心となってきており、権勢の入れ替わりの時期の証《あかし》として現れたことではないと見ているがね。政界は武偉の時代に取り入れられた人々と新興の科挙系を中心とする外朝との激しいせめぎ合いの舞台となっているからな、騒がしいことに」

「でも本当にそれだけかな?」

「というと?」

「どうも玉真公主を恐れているようだよ」

李隆基の言葉に崇元が少しだけ声を低くした。どこか納得いっていない様子だ。

「ああ、なるほどな。……たしかに五仙の一人、張果に見初《みそ》められているからな。面倒な話だよ。……陛下から道観建築を引き受けたときは益があると思ったが……本人にはおとなしくしてほしいものなのだが」

玉真と金仙の道観建築の裏には崇元がいる。彼は道観建築に金のにおいを嗅ぎ取り、睿宗の拝命を受けて積極的に関わっている。

それを受けて李隆基が小さく笑いながら言葉を続けた。

「いやだなぁ、実の妹たちを殺したくはないんだけど。これ以上、面倒事は増やさないでほしいよ。とはいえ、それを利用するのも手かもしれないな」

――兄さまが私を利用する？

嫌な予感がしたが、それを今の時期に事前に知ることができたのはいいことなのだろう。

玉真は唇を噛み締めながら、さらに耳を澄ます。

「まあ、たしかに殿下ならそれが可能でしょうな。……しかし、なにやら外が騒がしくありませんかな」

崇元の言葉に返すように李隆基の訝《いぶか》しんだような声が聞こえた。

「言われてみればそうだね。何かあったのかな」

「どれ、儂が少し様子を見てこよう。殿下はここにしばらく残ってくだされば」

戸が開いて、閉まる音がする。足音が遠のいていった。李隆基が深く息を吐いた。玉真は口元を手で塞ぎ、呼吸音が漏れないようにする。苦しいが仕方ない。我慢するとしよう。その後、李隆基が部屋から立ち去ったのを確認して、玉真は屋根裏から外に抜け出ることにした。

無事に東宮の外にまで出たあと、ため息を吐いた玉真を見て張果が言った。

「……ああ、なるほど、どうして君がこんなことをしたのかわかったよ」

「……はい？　なんの話です？」

きょとんとする玉真に、張果が頭に手をかけながら言った。

「最初に君に言ったろ、僕はどうして君がわざわざ忍び込むようなことをするのか気になるから、君についていくと。その答えにたどり着いたんだよ」

「――はい？　はあ」

いきなり何のことを言い出すのやら、と呆れている玉真に張果が自信満々な笑みを浮かべて言った。

「君は試していたのか。自分の神格化がどこまで通じるのかを。違うな、どこまで浸透しているか、かな。だから侵入がばれてほしかったんだね。でも結局、うまく最後まで乗り切ってしまった、だから本当はさっきため息を吐いたんだよ」

玉真は嫌な顔をした。それなりに当たっていたからだ。

「良かった、君についてきた甲斐があったよ」

ほくほくした顔でいる張果を怪訝《けげん》そうな顔で見つめていると、逆に張果のほうから玉真に問いかけてくる。

「それで、どうだった？　君がわざわざ入道の儀式で神格化を装い演出した結果はあったのかな？　……いや、さっきのため息からいって結果はわかりきっているみたいだね」

「よくわかっているじゃないですか。一緒についてきたのなら、当然ですよね……。そうですね、今までの結果を一旦は確認したかったのですが、駄目だったみたいです」

「じゃあどうするのかな。どうするの？」

「ずいぶんと楽しそうですね」

「そりゃ、だって好きな子のことだもの」

いつものように妙なことを言い出した張果に玉真は目を丸くして、咳払いをしながら言った。

「ご、ごほん。冗談はそこまでにしておいて。……正直、私の神格化なんて、あの儀式に参加した人たち、もしくはその周辺までで、たとえば宦官や民草のほうまでは当たり前ですが浸透していません。盗賊を退治したことだって、正直大したことではありません。だからこそ兄さまだって、あんなふうに私のことを軽んじているんだとは思いました。私を利用するという言葉は少し気になりましたが……そう、このままではいけないのでしょう。……そう、このままでは」

「まあ、そうだね。この程度では全然駄目だね。じゃあ、それを自覚して……次はどうするわけ？」

面白げに玉真を眺めてくる張果に、玉真はこほん、ともう一度咳払いをした。

「考えがあります」

「へえ？　まだ何か考えが？　どういったものなのかな？」

「……そこまでわかっておいでの張果さまは次に私がどう動くのか、大体、理解しておられるのでは？」

質問を質問で返した玉真に張果は目を瞠《みは》りながらも、にい、と唇を緩めた。

◆

金仙と玉真の道観は芳林門《ほうりんもん》を挟んで皇城の近くにある輔興坊《ほこうぼう》の対面に建てることになっている。工事に携わった労働者たちはそのための大木を運びながらも、その表情や声からは怨嗟《えんさ》が絶え間なく垂れ流しとなっている。

「俺たち、いつ家に帰れるんだろうな」

「馬鹿を言え。どこで誰が聞いているかわからんぞ。この間、隠れて崇元が監視していたようだ」

「どこまでも嫌味なやつだ」

「ほら、見てみろよ、あんな若い子も可哀想にな」

労働者たちは大木を重そうに引きずっている若い青年に目を向けた。農業に従事している者からも、はした賃金で無理やり労働力として引っ張られている。彼らの足腰はしっかりしているが、肩や腕はあくまで農具を持つもののそれだ。土木工事に耐えられる肉体ではない。そのため長期間、働けば身体を壊す者たちが出てきてしまう有様だ。

怨嗟の原因はそれだけではない。

労働者たちは周囲の崩れた家屋へと目を向けた。

無理やり取り壊しにされた民衆の家だ。追い出されたものの諦めきれない民衆が工事の周囲で抗議の声と陰口を叩いている。

「……無惨なもんだよ。移転費用と称されて渡された金では、とても次の住む家など探せなかったそうだ」

労働者たちは顔を見合わせながら、さらに陰口を深めていく。

「でも実際、どこまで酷《ひど》くなるんだろうな。これ以上は俺たちも……」

だが喋《しゃべ》りながら労働していたことが災いしたのだろう、労働者たちが引っ張っていた大木の一つが大きく傾いてしまう。

「おい！　倒れるぞ！」

慌てて労働者たちが注意して叫んだが、もう遅い。凄《すさ》まじい轟音《ごうおん》をとどろかせながら大木が横転した。不幸中の幸いで死傷者が出ることはなかったが、途中までの作業が台無しになってしまった。

「まだ人手が足りんな」

労働者のぼやきに、他の者が叱《しか》るように言う。

「静かにしておけ。そんなこと、もし例の崇元が聞いていたら」

だが手遅れだったようだ。崇元が監督に来ていたらしく、遠目に騒ぎを起こした工事現場を観察していたのだ。

「……もう駄目だ、崇元がこちらに気付いた。事故を機にまた人をどこからか引っ張ってくるぞ」

怨嗟と焦燥感《しようそうかん》を滲《にじ》ませた労働者の声は空気に入り混じっていく。

その絶望的な雰囲気は、崇元が立ち去ったあとでも、ずっと沈み込んだままだった。

そこに、大木を引きずっていた青年が立ち上がって、一声を発した。

「……皆さん、このままでいいんですか?」


その声の持ち主こそ、玉真だった。

玉真は青年を装い、今までずっと労働者の傍で働き続けていたのだ。

彼女は帽子を脱いで、隠していた髪を振りほどく。首元に巻いていた汚らしい領布《りようふ》をといて顔を見せた。

急に現れた人物に周囲がどよめく。

当たり前だ。ここにいるはずのない人物だったからだ。

みな、恐怖と不安と怒りの綯《な》い交ぜになった表情をしている。それもまた当然だ。彼女こそが、この道観建築の元凶であり、また同時に民衆に恐怖を与える直接の存在でもあるからだ。圧倒的な権力の象徴であり、民衆にとっては一生、声をかけることすらできないほどの人物だからだ。

「皆さんの不安、今日、一日、聞きました」

玉真は申し訳なさそうな表情をしながらも腰に手を当てて言った。

「ずっと傍にいながら正体を隠していたこと深くお詫《わ》びします」

「あんた、どんな気持ちで俺たちの前に現れた？」

労働者の一人が喉から絞り出すような声を発した。思わず声に出しただけで無意識だったのだろう、失言だと気付き慌てて口を手を塞ぐ。その言葉が自分の命を奪いかねないと思ったからだ。誰が何を言っているかわからない陰口とは違う。

「……安心してください。だってそれは当たり前の疑問ですから。そして、それを聞いたところで私はあなたたちに害はなしません。ただ私は、あなたたちの気持ちを、ちゃんとすぐ傍で知りたかったのです」

そこで玉真は額の汗を拭った。

「……この道観建築、私も反対です。ですが私にはできることに限りがある。私にできるのは……」

そこで疲労困憊《こんぱい》に満ちた労働者たちの顔を見回した。

「……皆さんも、今日は限界でしょう。そう、私にできるのはこの程度です」

そして両手を空に掲げた。

「安心してください。もうすぐ雨が本格的に降り出します。そうすると、このまま工事を続けることすらできないでしょう」

その言葉が終わるや否《いな》や、あっという間に暗雲たちこめた空から激しい雨が叩《たた》きつけられるように降り注ぎはじめた。玉真は厚手の領布で上半身を覆い隠すように巻くと、少し離れた所から道士が沢山の布を持ってやってきた。

瞬時にずぶ濡《ぬ》れになった労働者たちに、持ってきたその布を配っていく。それを戸惑いながら受け取る労働者たちは口々に不思議だと顔を見合わせる。

「ほんとだ……雨が降り出した」

「そういえば噂《うわさ》に聞いたことがあるぞ。妹の方の公主は神仙に見初められるほどの法術力を持っていると」

「まさか、あんたが天候を操れるっていうのは本当か？」

一人の労働者の問いに玉真は首を横に振りながら答える。

「申し訳ありません。そうそう神仙の法術のことを他の者に言うわけにはいきませんので」

玉真の言葉に労働者たちは「そうだな」とうなずきあっている。

それを見て玉真は顔に付着した雨水を拭い取りながら労働者たちに言った。

「私はもう帰ります。どうか安心してください。今日のことは誰にも言いません。ですが、私は神仙に至る者。だからこそ、誰かが苦しんでいるのをよしとしません。私がどこまでできるかわかりませんが……崇元さまには何かしら提言をしておきます」

その言葉に労働者たちが歓喜の声を上げる。顔を見合わせて嬉しそうにする彼らを玉真は微笑みながら見守っていた。


玉真は布で覆い隠して、勢いの弱まった雨をやり過ごしながら、こっそり身を隠して自分の道観に帰ろうとする中、白い驢馬《ろば》に乗った張果が待ち構えていた。

張果は雨をしのぐものを何も持っていない。雨に濡れながらも、その雨粒の輝きすら彼の装飾となるほどの美貌に、玉真も思わずたじろいでしまう。

「なぜ……張果さま……」

——これではこっそりしている意味はないわ。

それだけ張果は目立つ。もしかしたら周りの様子を見るに気配を消すような法術を使っているのかもしれないが。

そう思いつつも、同時に玉真は張果の配慮を感じ取っていた。

——私を守ってくれていたのかしら。

他にも何か思惑があるのかもしれないが、玉真はとりあえず深く考えないことにした。

なぜなら考えてしまうと、頬が熱くなってしまうような気がしたからだ。まるで玉真が張果に特別な思いを抱いているように。

──気の所為《せい》よ、気の所為。こんなの、ありえないもの。

玉真は首を横に素早く振ると張果に向けて、ぎこちない笑みを向けた。

「こ、こ、こんなところでどうしたんですか？」

「ずっと君の様子を見せてもらっていたんだよ、なるほどね」

「ずっとですか？　私を見ていたんですか？」

「うん、ずっとだよ。何でそんなに不思議そうな顔をしているの？」

顔を覗き込んできた張果から玉真は顔を背けながら言った。

「い、いいえ、その割には姿をお見かけ……い、いえ、張果さまは姿や気配を消すことができますものね。つまらない姿を晒《さら》して申し訳ありませんでした」

「いやいや、僕が好きで君の傍にいただけだから。ああ、そうだ、理由を知りたがっていたよね。つまりだから、君の真意が気になっていたから。ほら、さっきは君に声をかけたから駄目になっただろう？　僕のせいなのかなって、ちょっとは気にしていたんだ。だから、できるだけ邪魔をしないように君の真意をたしかめたいと思ってね」

「私の……真意……」

そう玉真が呟いたのを聞いて、張果がにやりと笑う。

「そう、民衆の周りで試したんだろう？　君の神格化がどこまで通用するかを。ずいぶんと危ない橋を渡ったよね。君の神格化が浸透しなければ袋叩きにされていても不思議ではなかったから。……とはいえ、そういう賭けに出る君も嫌いじゃないよ、というか好きだからね」

「ま、またそういうことを……」

「そんな恥ずかしがらなくていいのに。いや、そこは仕方ないのか。どうしたらいいんだろうね。どちらにせよ、君の思惑がうまくいってよかったね。いや、よくないのかな？」

張果の言葉に玉真は押し黙った。しばらくして重い口を開く。

「私がしているのはただの騙《かた》りです。みんなをうまく騙《だま》しているだけ。私に神性なんてない。でも周りがあると思えば、あるのです。そう見せかけているだけ。だけどそれが意味をなさなければ駄目だから……どの程度のものなのか、たしかめたかっただけです。手段に興味はありません。私は姉さまを護《まも》りたいだけです。私は、私のいる立ち位置を確認したかったんです」

「……うん、知っている。ごめんね、そんなことを長々と言わせて。……まあ、君の気持ちはわかるから、僕もできる限り、君の後押しはするよ。それで君の願いが叶うかどうかは別だろうけど」

「……どうして」

そこで玉真は言葉を止めて張果を見上げた。

「なぜ、それほどまでに私を気にかけてくれるんですか？」

「持盈、その話、前もしたよね？　別に話してもいいんだけど。でも君、全部忘れちゃっているよね。その状態で僕から話すのって、少し勇気がいるから、僕がね。だって話しても思い出してくれなかったら嫌じゃない？」

黙り込んだ玉真の顎に張果は指を添えて楽しそうに眺めながら言ってくる。

「だから、その話はしばらくお預けがいいかな。僕としても」

にっこり張果に微笑まれると玉真は「そのように仰るなら……」としか言えなくなる。本当に張果が何を考えているのか、まったく読めない。

「とにかくこれで民衆の間にも、私に神性があると広まるでしょう。私の神性が大きくなればなるほど、姉さまの身もきっと無事を確保できる。そのためには、まずは崇元さまに話を通して……」

――これだけやれば、姉さまの身は安全のはずよ。

そう口にしようとしてやめる。

張果のもの言いたげな双眸が、どこか引っかかったからだ。


崇元と面会して話をつけたあと、しばらく歩いて目的の道観にたどり着いた。玉真の住まう場所より、大きく、そして豪華な色彩で彩られている。赤色に金色、紫色、富と権力を表す色で飾られている。屋根の上に置かれている建築物も龍の形状をしている。天に昇ろうと神仙になる意思を表現しているように感じられた。

仮住まいの道観だというのに、ずいぶんと華美なところに移されていた。

そう、まるでここに大事な人間がいると主張しているかのように。

元々は別の誰かが住んでいた場所だったようだが、取り立てて道観として置き換えたらしい。

金仙の住んでいる場所はあえて周知させていないが、これほどまでに華美な道観に人が住み始めたら、それなりの身分だとあっという間にばれてしまうだろう。

視線を感じる。

おそらくこの視線は張果だろう。途中で別れたとはいえ、共も連れていない玉真が無事に金仙の道観に戻れるか見届けてくれているのだろう。

彼はどちらかというと李隆基側の人間だ。彼が加担したからこそ、先代皇帝の后妃を排除することができたのだと聞いている。

でも、本当にそうなのだろうか。玉真はそのあたりを直接、張果から聞いたわけではない。気付くと、すぐ傍にいてくれて交流してくれていた。だが、あまり交流しすぎるとまずいのだと、そう本能的に感じ取り距離をとっていたからだ。

――私は張果さまと、どう接したいのだろう。

答えは出ない。だが彼の庇護《ひご》と協力があるからこそ今の自分がある。それも理解できていた。ならば、言い方は悪いがもう少し媚《こび》を売ったほうがいいのかもしれない。そうとも玉真は考えていた。だが、それは本当に張果の望むことなのだろうか。

彼は玉真が入道を決めて、偽りの神仙となってでも姉を護ると決めたそのときから、距離感を忘れたかのように、気付くと傍にいるような存在になっている。距離を縮めることの何の意味があるというのだろうか。

――何かを忘れている？

そのようなことを張果は玉真に告げていた。だがそれが一体何なのか。玉真は思い出せないのだ。だが、何かしら忘れていることがあるとして、その程度で張果が玉真をあれ程までに支援するだろうか。

やはり何か裏があるのでは。

だが、どれだけ考えても答えは出ない。これ以上は悩んでも仕方ないだろう。

そして玉真はどこか強い違和感を金仙の道観に覚えていた。

妙な焦燥感にざわりと背中に悪寒が走り、妙な汗が噴き出る。

どうして、こんなにも気になるのだろう。

一体、何を見落としているのだろう。

知らず身体が震えた。このまま見落としてしまえばまずい。正体のわからない不安が心を蝕《むしば》んでいく。足先から徐々に冷えていくような感覚には覚えがあった。

これは命の危機だ。

数年前に姉とともに洛陽《らくよう》に避難していたときだ。辺り一面、血に染まった中、立ち尽くしている姉の姿が思い浮かぶ。あのときの姉は、どうやら死体に埋もれるようにして自分の身を守っていたらしい。本人はあまりあのときのことを覚えていないようだが、姉を見つけるまで生きた心地がしなかったのだ。

そう今も同じ気持ちだ。生きた心地がしない。

ありえないくらいに静まり返った静寂の中、その不気味さが肌に痛いほどに突き刺さるようだ。

——よく考えろ、何がおかしい？

そうでなければ身が守れない。姉を護ることすらも。

立ち止まり、しばらく考え込んで、ようやくその答えにたどり着く。

「守衛がどこにもいない？」

おかしな話だ。出家したとはいえ、現皇帝である睿宗の公主だ。警備がここまで手薄になっていいはずがない。たしかに金仙は身体が弱いのもあって、その価値は低く見られている。だが、だからといって今までは最低限の警備は回してもらえていたはずだ。

門に手をかけようとしながら、嫌な予感がして周囲を見回すと外壁を登ろうとする人影が視界に映る。

はっと顔を上げた玉真は、その影を追いかけようと声を張り上げる。

「そこの者！　待ちなさい！」

だが影は玉真に気付いたのか、外壁から飛び降りると、そのまま遠くに駆けていってしまった。

「誰ですか！　どこに行ったの！」

声を出しながら周囲を探したが、もはやその人影の行方はつかめなかった。

慌てて玉真は金仙の道観に入り、一直線に部屋を訪ねた。

部屋はまだ灯《あか》りがついていた。

ちょうど燭台《しょくだい》の火を消そうとしていたところだったようだ。

金仙は目を丸くしながらも、急に部屋に入ってきた玉真を招き入れる。

「どうしたの？　そんなに息を荒くして……こんな夜更けに」

「姉さま！　今日は誰かと会う予定はあった？」

「いいえ？　ないわ」

「しゅ、守衛が、その……いつもより少ない気がして……」

玉真は言葉を選ぶ。事実をはっきり告げて金仙を傷つけたくなかったからだ。

「私じゃない、別の誰かが人を招き入れるために少なくしたのかしら？　何だかよくわからないわ」

そう答えて金仙は困ったように笑う。玉真は唾を飲み込みながら彼女に問いかけた。

「じゃあ、やっぱり守衛の数を少なくしたのは姉さまではないのね」

「ええ、そもそも私の言葉なんて誰も聞き入れてくれないわ。守衛を少なくすることなんて、とても私には無理だわ」

「そうよね。ごめんなさい。変なことを聞いてしまったわ」

ならば、誰かが意図的にここの警備を甘くさせたのだ。この程度のこと、いつでも、どこでも仕掛けられてしまうのだ。金仙に価値はない。下手すると殺されていた可能性だってありえる。

金仙が第二の玉真になることを恐れているのかもしれない。

——どうしよう。結局、私は姉さまを護れていないわ。まだ不十分だというのね。

玉真の不安とは裏腹に金仙は能天気ににこにこと明るい笑みを玉真に向けている。それは金仙が自分の心を守るために鈍感になっているからこそ。その事実もまた思い知り、玉真の胸はいっそう苦しくなったのだった。

◆

——どうあがいても、姉さまを死の輪廻《りんね》から救い出すことはできないのかしら。

夜、玉真は微《かす》かに瞼《まぶた》を震わせた。先刻まで瞼を閉じたままでも、蠟燭《ろうそく》の強い灯りが感じられていたというのに、どこからか強い風が吹いたせいですぐさま光が潰《つい》えてしまったようだ。

一時的に割り当てられた道観の一室で、玉真は身を休めていた。

急に心の内が寂しくなり、玉真は寝台の中で小さく身動《みじろ》ぎをした。唐の詩に命の儚《はかな》さを歌ったものがあったことを思い出す。命はいつまでもあるものではなく、空っぽの家の中の蠟燭の光のようなものだ。風が少しでも吹けば、光は消えてしまう。結局、何もない空っぽの家に戻ってしまうのだ。

姉を死なせたくない。それでも、もしかしたらできないかもしれない。

弱さで涙が出てしまいそうになる、その前に。

暖かくて大きな手のひらを思い出す。人の死に直面して、涙を流していた玉真を、優しくあやしてくれた、あの手を。

あれは誰だっただろうか。

玉真は心の内でゆっくりと呟いた。心に沈んだ恐怖と姉への執着がかすんでいくようであった。

だが、その裏で玉真は己の心に強い違和感を覚えていた。

——どうして姉を護れないことを嘆いているのに、私は過去に自分を慰めてくれた誰かのことを思い出して安堵《あんど》しているのだろうか。

ぞっとした。

まるで自分のことしか考えていないようだ。自分自身の気持ちと向き合い、己の中にある弱さだけを直視している。そこに姉はいない。あくまで自分のことを考える理由に使っているだけだ。

違う、姉を護りたいだけなのだと思い直しても、その違和感は自覚してしまえば消えるどころかますます強まるようだった。その上、昔に玉真を慰めてくれた手のひらの温もりを追い求めている自分すらいた。今すぐここに現れてほしい。そして大丈夫だと優しく語りかけてほしい。この違和感すら力づくで潰してしまうくらいに、穏やかな温もりで現実を見えないようにしてほしい。

　そんな、一欠片《かけら》でも思い浮かべてはいけない恐ろしい考えを。


　玉真は目を見開いた。

　眼前に振り下ろされた刃《やいば》を寸前のところでかわし切る。

　刺客だ。

　そろそろ直接狙われる頃だと思っていたが、まさかこんな弱っているときに。

　闇の中、月光だけが開いた窓から降り注ぎ、玉真の目の前にいる人間の姿を映し出す。

　玉真の横になっていた寝台に覆いかぶさるようにして乗り込んできた男がいた。黒い布で身体を巻き、顔も目元だけ露出させている。

　身を起こし、玉真は男を睨《にら》みつけた。

「随分と礼儀が悪いのですね。窓からではなく、戸から入ってくださいませんか」

「……ほう」

　男は低い声で告げると、玉真から身を離す。

　寝台から跳躍して下りると、冷たい眼差《まなざ》しを玉真へ向けた。

「なるほど……さすが神格を纏《まと》いし者。この程度ではどうにでもならんか」

「あなたは……」

玉真は息を呑《の》んだ。

「太平公主の手の者ですか、それとも……」

――兄さまが。

やや視線を斜めに下げたが、すぐに気を取り直し、顔を上げる。

「死に行く者に言う必要はない」

男は強く吐き捨てた。

「これ以上、余計なことをされても困る」

男は目をすっと細めながら言葉を続けた。

「このまま生き続けてかきまわしてもらっては困るのだ」

「そのようなこと、言われても困ります。でも、良かった」

「良かったとは？」

――姉さまが狙われなくて良かった。

男の問いに玉真ははっきりと返した。

「それをあなたに言う必要はありません」

玉真は息を止めた。顔が引きつりながらも息を大きく吸い込む。

「私は！」

玉真は寝台に仕込んでいた棍棒《こんぼう》を引き抜くと、男に突きつけた。

ここで張果から学んだことが役に立ちそうだ。

「奇跡の女道士です。あなた程度の力量では私を殺すことなどできません。……ですから、あなたに奇跡を見せましょう」

――そうは言ってもあまり武力に自信はないのだけれど。

さらにいうと今日は一日、慣れない力仕事をしていたせいで身体はぎしぎし痛む。

手足の骨が折れるくらいで済めばいい。そう覚悟したそのとき、格子窓のほうから凄まじい音がした。男がそのほうに顔を向ける。男から殺意が弱まったのを見て、玉真が恐る恐る、格子窓のほうに視線をやった。

「やぁ、夜這《よば》いに来たよ！　……なんてね。……ちょっと君と夜の散歩に出かけたくてさ、今、時間ある？」

そこにいたのは張果だ。いや、格子窓から顔を覗かせているのは白い驢馬だ。ふっと生ぬるい風が吹いたかと思うと、部屋の何もなかった場所に張果が現れた。

張果は男の姿を視界に入れると表情を曇らせながら言った。

「あれ？　もしかしてお邪魔だったかな？　というか、どうして？」

そこで張果は玉真のほうに目を向けながら顎に手を添えて問いかける。

「なぜ持盈は男を部屋に連れ込んでいるの？　ていうか、こいつ誰かな？　人の恋路を邪魔するつもりはないんだけどさ、いや、ていうか邪魔なんだけど、ええと……誰？」

そう玉真に問いかけてきたので、玉真は男から目を離さないようにしながらも、ぎこちない口調で答える。

「私を襲いに来た暗殺者かと……思います」

「ふぅん、そう。でも、どのような理由であれ夜分に女性の家に訪れるなんて、礼儀がなっていないね。まあ、僕も人のことは言えないから、このあとすぐにここから出ていくよ、だから君もそうしようね」

張果は男に向かって、それだけ言うと、くるりと人差し指を回した。その瞬間、男の姿が黒い靄《もや》に包まれたかと思うと、まるで彼の身体を塗りつぶすかのように全身を覆い隠し、やがては床に呑み込まれるように消えていった。

どこに行ったのだろうか、と考えをはせたが、おそらく質問しても張果は答えてくれないだろう。

「助けてくださって、ありがとうございました」

だから玉真は張果に余計なことは言わずに、真っ先に礼を言うことにした。張果がいなければ、どうなっていたか、わからなかったからだ。

「別に礼を言うほどのものではないよ。僕も彼も君に失礼なことをしていたのは事実だからね」

にこりと彼がそう言えば、格子窓の外から部屋に首を突っ込んでいる驢馬が不満そうな嘶《いなな》きを発した。

「これこれ、そんなことは言わない。別に僕は嘘《うそ》を言っているつもりはないんだからね」

どうやら張果は驢馬と会話しているようだ。玉真からしてみれば驢馬の言葉はわからず何を話しているのかわからない。

「そうだねえ、でもやっぱり、そのあたりどうなんだろう。どうなのかな、驢馬ちゃんの言っていることもよぉくわかるんだけど、やっぱりそのあたりのことは本人に聞いてみないと？」

そして張果は玉真のほうを一瞥した。

「……あの、私になにか？」

「本当に僕が、君を夜の散歩に誘うために、この時間に部屋に訪れたと思っている、君？」

「……いえ」

「そうだよね、やっぱりすぐにばれてしまうような下手な嘘だよね。驢馬ちゃんには、もっと演技をちゃんとやれって怒られていたんだよ。そうじゃないと、ほら、まるで僕が君を守っているように見られちゃうでしょう？　そうじゃなくて、あくまで僕は気まぐれで君にちょっかいを出していて、いつ僕が君の周囲に出てくるかわからない。そうしないと、また君が襲われてしまうでしょう？　僕も四六時中君を監視しているわけでもないし」

「……あの、まるで常日頃から張果さまが私の身の安全を考えてくださっているように聞こえるのですが」

「うーん、そう、率直に受け取られるのは困るんだよ。あくまで僕は気まぐれ、ふわふわと興味の向くまま動いているだけで、その行動に一貫性はない。だからこそ神性が生まれるというか、周りから、こういうのが神仙だと思われないといけないというか……驢馬ちゃんから、ちょっとそこ全然そういうふうに見えていないよって叱られちゃってね。困ったなぁ〜、どうしたもんかなぁ〜」

「それは……」

どう言っていいかわからず困惑している玉真に張果は白い歯を見せながら笑った。

「まぁ、いいか。それを君に言ったところで、どうしようもないよね。でも、これはちゃんと言ったほうがいいかな」

張果は少しだけ目元を鋭くして玉真の持っている棍棒を指差した。

「君が積極的に睿宗に話したり民衆にまぎれたりした結果、逆に姉も君も危険な目にあうことになったんだよ。君たちは、このまま大海の渦に溺れてしまうのではないかな」

「大海の渦……」

玉真は唇を噛み締めながら、棍棒を床に置いた。

うつむきながら首を横に振って言う。

「……きっと逆でしょう。私たちがどうしようとも、遅かれ早かれ私たちを暗殺するような動きになったでしょう。私がこうして力を手にしたことで、それを知ることができた。もし前の状態なら、私は動くことすらできなかったはずです。今の自分の場所が大海の渦であることすら理解できなかったはず」

「そうして君が大海の中にいる心地よさに慣れてしまわないか心配だよ。それを痛みだと思える今のままでいれるようにね。とはいえ……」

そこまで言って張果は顎に手を添えたまま小さく呻《うめ》き声を上げた。

そのとき、格子窓に首を突っ込んでいた驢馬が首を左右に激しく振り回して暴れ始めた。大きな音がして格子窓の外枠が崩れていく。どうやら何か言いたいことがあるようだ。

「いや、ちょっと、驢馬ちゃん……？」

戸惑う張果に驢馬がさらに大きく不満そうな嘶きを放つ。

「いや、さすがにそれは……」

「どうしたのです？」

そう玉真が問いかけると張果がやれやれといった顔で玉真の手に触れた。驚く玉真に張果は困惑に満ちた表情で答える。

「なんかね、驢馬ちゃんが夜に訪れるようなことをしたんだから、少しは君に気を遣えって……そんなことを言われてもねえ」

だが驢馬は、まだそんな張果に不満のようだ。鼻息荒く首を激しく左右に振って壁を叩いている。

「わかったよ驢馬ちゃん、やればいいんだよね。ええと……」

そう言いつつ張果は玉真の片手をとり、そのままゆっくりと持ち上げた。

「とにかく驚かせてごめんね。もうこんなことはしないから。君の部屋に入るとき夜這いはやめて事前に連絡するね。いや、今回は緊急対応なんだけどさ、驢馬ちゃんが最低限の礼儀はわきまえないといけないって……」

「いえ、私も張果さまがいてこそでしたので」

その言葉を聞いて玉真は照れくさくなり、小さく呟くように言った。

驢馬の暴れる音を聞きつけたのか、何人かの足音が玉真の部屋に近づいてくる。

どうやら他の女道士たちのようだ。彼女たちは戸から入ってくるなり、慌てた声を発してきた。

「玉真公主さま、大丈夫ですか？」

しかし女道士たちは手を取り合うように見える玉真と張果を見て驚きの声を上げた。

「あら、張果さま、これは……」

玉真は慌てて女道士たちに言い訳を始めた。

「ち、違います。張果さまは私を暗殺者から助けてくださったんです」

「まあ、そう……ええと……」

張果は煮え切らない返事をしている。驢馬の言葉通りにしただけだが、下手なことを口にすると驢馬を刺激すると思っているのだろう。

「こんな夜更けに玉真公主さまと張果さまが……ああ、いえ……最近は物騒ではありますが……」

「私たちは、お邪魔してしまっていますね……」

どうやら女道士たちは完全に玉真たちの仲を誤解してしまったようだ。いそいそと出ていってしまった。

——こ、これはどうなの？　相手が神仙である張果さまだから問題ないのかしら。

困り果てている玉真に、張果は彼女から手を離しながら後頭部をかいて言った。

「なるほど、見られちゃったか。じゃあ、もういいかな」

「もういいとは？」

張果の声の調子が変わったのが気にかかり、玉真は彼から距離を取りながらも問い返す。

張果は腕組みをしながら嘆息して言った。

「ああやって道士たちに見られてしまった以上、僕たちの関係がちょっと複雑化して広がるだろうから、たしかに僕自身も覚悟を決めないといけないんだよね。もう少しふわふわっと中間的な立ち位置で、まるで空に浮かぶ雲のようにたゆたいながら適当に生きていきたい気持ちもあったんだけど」

「張果さま」

——もしや張果さまも私と同じように私との距離をはかりかねていたのだろうか。

そんな玉真の思惑を見透かしているかのような言葉を張果は発した。

「僕は自分がどう見られているか自覚はあるけれども、必ずしもそう見られてほしいわけでもない。そこはあえて、こうふんわりとした要素を残しておきたいというか、僕の言いたいことわかるかな？　君に対しても、僕への思いははっきりさせたくない部分もあるというか。だけど、いつまでもそういられないのも同時にわかっているわけでもあって、ああーいつまでもうだうだしたかったんだけどー」

　玉真が、どう声をかけていいか悩んでいると、張果は格子窓に近づき、首を突っ込んでいる驢馬の頭を撫でながら言う。

「実はここに来た理由はもうひとつあって。……なぜ、それを言わなかったのかというと、疲れた君にこれ以上、身体を酷使させるのも躊躇いがあったんだよね。だから後回しにしようと思ったんだけど、これ以上は引き延ばせないんだよね。というか、引き伸ばすと多分、僕の立場が悪くなりそうかというか、巻き込んでしまうようで、本当に君には申し訳ないんだけど……」

「して、その理由とは？」

　こわごわと尋ね返した玉真に、張果は疲れたような色を瞳にたたえて息を吐き出しながら言ったのだった。

「実は僕以外の四仙が、僕が特別視している君のことを間近で見てみたいって……今からちょっと来てくれるかな？」

「——は？」

　玉真は、その言葉にただただ目を丸くするしかなかった。

◆

五仙とは長安《ちょうあん》で知れ渡っている神仙の中でも、とくに力を持っている五人の有名な神仙を称したものである。それぞれ強力な法術を行使できる法器を持っており、それぞれこの世界の調和を壊しかねないほどの力を持っていると聞いている。だからこそ五仙については宮廷も一目置いているようだ。

睿宗や李隆基は、かつての皇帝たちと同じように伝手を使い、五仙から助言をもらい、政治を動かしていることもあるようだ。つまり国の未来を五仙が動かしているといっても過言ではない。さすがに玉真が知っているのは、その程度の知識で、どの仙人が誰の背後にいるかまでは知らない。張果が李隆基に手助けしている噂を耳に入れているくらいだ。他の四仙だけは名前だけ知っている。李鉄拐《りてつかい》、漢鍾離《かんしょうり》、藍采和《らんさいか》、何仙姑《かせんこ》。これから玉真が彼らと声を交わすことになるなど、想像もできなかった。

張果に連れられて、たどり着いた先は薄汚く暗い洞穴だ。張果の用いた法術の淡い光だけが洞窟内を照らしていた。

洞窟の奥までいくと行き止まりだった。玉真が戸惑っていると張果が手のひらをかざした。すると壁に三つの様々な色彩の影が浮かび上がる。

「……なんなんだろうね、あれだけ僕にあれこれ言った癖に呼びかけに応じたのは、全員じゃないのか」

そう張果が言うと影の一つから声が発せられた。

「あのねえ、みんなそれほど暇ではないの。私も豆腐を作っている最中だったんだから。

全員を集めておきたいなら事前に調整なさいな」

「何仙姑……それを僕に言う権利ある？　君だって欠席が多いじゃないか」

張果の言葉に、何仙姑と呼ばれた影が揺らいだ。

別の影も続けて言葉を発する。少年のような無邪気な声だ。

「ぼくも歌と踊りの勉強をしていたんだよ。ほんとは暇じゃないんだからなっ」

「藍采和。趣味でやっていることを勉強っていうの、おかしくないかな？　ただのお遊びだろ、それ。あ、違うんだっけ。遊びじゃないいんだっけ」

張果はその影を藍采和と呼び、嘆息まじりに返事した。

張果の対面にある、ひときわ大きな影が揺れ動きながら声を発する。

「……私も忙しい。老子《ろうし》と話していたところであったのに、無理してお前の呼びかけに答えたのだ。こちらに顔を出したことを喜んでほしいよ」

「李鉄拐……老子もそこにいるの。この話も聞かれているのかな。やだなぁ、面倒なことになりそうだよ。僕の声は聞こえないようにしておいてくれる？」

張果はその影を李鉄拐と呼んだ。そして影を人差し指でかぞえながら言う。

「なんだかなあ、一番文句を言っていた漢鍾離が来ていないじゃないか、まあ、いいか。正直な話、もうこれ以上は面倒くさいし、やれることはやったし、あとはあっちの責任だろうしね」

虚《うつ》ろな表情で張果はそう言うと、その目を玉真に向けた。

「さて、じゃあ、ずっと君たちが気にしていた用事を済ませるよ。彼女が、僕が今、一番仲良くしている道士の玉真公主です。これからも仲良くします」

　玉真が「はい、よろしくおねがいします」と口を開き、その先を続けようとすると、張果が玉真の前で、さっと手をおろして、それを遮った。

　そう張果が言うと李鉄拐が怪訝そうな声を出した。

「その仲良くしているとは？」

「仲良くは仲良くだよ。今後も懇意にしていくから、適当によろしくしてほしいね」

　そう快活に笑いながら張果が言うと何仙姑と藍采和が交互に答える。

「いいわよ、どうでもいい、とは言わないけれど、今のあなたにもそっちの女にも興味はないから」

「そうだね！　はいはいって言って、この場が終わるならそうするよ。早く歌と踊りの練習に戻りたいからね」

　そして二つの影が消える。残った最後の影に張果は呆れたように言った。

「……君はまだ何か言いたいようだね、李鉄拐」

「私は玉真公主ともう少し話したい」

　そして李鉄拐が淡々とした口調で言葉を続けた。

「……玉真公主、君はこの場が設けられた意味を理解しているか。我々が今、張果《ちょうか》老《ろう》の傍に君がいると認識した、その状況をだ」

張果老。張果と長く過ごしている者たちの一部は彼をこう呼ぶ。つまりこうして会話をしている相手は若々しい声でありながらも、実際はかなりの年齢なのだろう。

李鉄拐の質問に玉真はしばらく考え込み、ゆっくりと答えた。

「ええ、私は神仙にきっとなります。張果さまのもとで。その覚悟はあります」

――姉を護るために。

そのために行動しているのだ。たとえ何があろうが、その事実は揺らがない。

李鉄拐は「ふむ」と面白くなさそうに鼻息を出した。そして苦々しく言う。

「なるほど、我らが前でもそう言うか。……張果老、お前はいいのか？　この娘で」

そこで李鉄拐は嘲《あざけ》るように低い声で笑いながら言った。

「今更いちいち、どうすれば神仙になれるのかなんて、この女に説明するつもりはないぞ？　これは、そういうくだらない話ではないのだろう？」

玉真は李鉄拐の言葉の意味を理解していた。結局、不思議な力を使えるだけの神仙になりたいわけではない。善行を積み重ねて修行したいわけでもない。神に近い存在となったとしても衆人に認められた上で、国政に影響を与えられるほどの存在になりたいのだ。つまり逆をいえば、影響力さえ強ければ、実際の神仙としての能力がどうあれ構わない。それもまた見透かしているということだ。

「……うーん……」

張果は難しそうな顔をして後頭部をがしがしと、かきむしりながら言った。

「そもそも僕がそこまで考えていると思う？　そこそこ付き合いが長いんだから、そのくらいわかってもいいんじゃない？　すごい気まぐれで適当にふらふら生きているんだからさぁ。今回のも、なんとなく、今そうしたほうがいいと思ったからだよ。いやー、気ままにのんびり、風の向くまま、流されるまま、そういう生き方って最高だと思わないかな？」

「……お前は相変わらずだな。流されるという割には、てこでも動く気のない石のようにしか私には見えないが。……なら、これ以上話す意味はなさそうだ」

そして李鉄拐は冷え冷えとした声で言葉を続ける。

「実感するといい、玉真公主。お前が踏み出そうとする、その世界の薄汚さを」

そして李鉄拐は悪意に満ちた笑い声を含ませて、こう言ったのだった。

「お前の傍にいる張果老も含めてな」

驢馬に乗せられて張果と一緒に道観へ戻る道すがら、玉真は長い沈黙にたえきれず、張果に話しかけた。

「結局、こうしてあなたを巻き込んでしまった。私とは違って、本当に選ばれている神仙であるあなたは、ずっと俗世と関わらないようにしていたのに」

張果はびくっと肩を大きく震わせて返答した。

「えっ、まさか、そういうのを気にしていたから、ずっと黙り込んでいたのかい？　僕はてっきりあんな変な会合に無理やりつき合わせたから、腹を立てているのかと……こちらが巻き込んでしまったようなものだしね」

「どうして私が張果さまに対して怒るのです」

「いや、普通は怒ると思うよ。よく説明もしないで、疲れている君を……いや、怒っていないならいいんだよ。ただ神仙とか関わるのであれば、その覚悟を、生命をもって示さなければならない。人によっては試練のように見えるだろう。だけど人をやめたいというのであれば、神仙と深く関わりたいというのであれば、今後、神仙の干渉を、人の世から離れた理《ことわり》を、理不尽な運命をすべて受け止めなければいけない。……それは僕もだ。僕も、君が神仙に近づくというのであれば、神仙として接しなければいけない。たとえその結果、君が死に追いやられようとも」

　そこで張果は驢馬の頭を撫でながら言葉を続けた。

「まあ、そもそも君と言葉を交わした時点でこうなることは決まっていたようなものだから。それに別に僕がどうしようが、君がどうあがこうが大海の流れは変わらない。影響力の大きい君ならあがけば、そりゃ君自身だけは何とかなるかもしれないけど、君が護ろうとする姉は大海にさざなみすら起こせないほどか弱い。君が護るにも限界はあるからね、どれだけ君が、か弱い姉を支援しようが、つまり君の姉が死ぬ時期が遅れただけだよ、酷いことを言うとね」

「それはつまりは……」

「君の姉はこのままだとすぐに死ぬ運命は変わらないということだ。彼女の身体も魂も儚く弱い。このあとすぐに来るであろう大波に耐えられないよ。残念なことに運命は何も変わっていない」

「それでも私は行動します。そこに少しでも希望がある限りは」

どれだけ何を言われようとも、玉真の覚悟は変わらないのだ。

張果は深く息を吐きだしながら言う。

「希望ねぇ……ないものをあると思いこむ無駄な行為をよくするものだ。まあ、君の傍にいて気まぐれに付き合うと決めているのは僕の選択ではあるけれども」

それを聞いて玉真が顔を上げて問いかける。

「張果さまはいいのですか？　だって張果さまは李隆基さまも支援なさっているのでしょう？　兄さまの機嫌を損ねるのでは」

「うん？　誰がなんだって？」

不思議そうに目を瞬《しばた》かせる張果に玉真は言った。

「いえ、張果さまは兄さまの側についている神仙では？　兄さまに協力して先の后妃を殺すことに加担したのは張果さまだと伺っております」

それを聞いた張果は大きく目を見開いて驚く。身体を大きく震わせたせいか、驢馬から転がり落ちそうになって、慌てて驢馬の首元にしがみつきながら言う。

「僕が隆基と？　どうして？　えっ、なにそれ、初めて聞いたよ」

考え込む素振りをしながら張果は困ったように首をひねった。

「えっ、そんな噂が広まっていたのかい？　全然気付かなかったよ。んー、誰かが意図的に流したのかなあ、僕はふわふわと生きてきただけなのに。そう言われれば、そのへん、誰かに頼まれてふわふわっと何かした記憶もあるけど、ちょっとは覚えておいたほうがいいのかな、これなら僕も君のことを何も言えないねえ」

意味ありげに笑う張果に玉真に首を傾げながらも、張果が李隆基とは無関係とわかり、ほっとしたのも自覚したのだった。

◆

道観に戻る玉真の背中を見送りながら、張果はそのまま空のほうに向かって、嘆息まじりに話しかけた。

「いやあ、さすがにここまでずっと観察するのは趣味が悪くないかな？」

「隠れるつもりもなく、わかるように見ていただけ趣味が良いほうだと理解してほしいが？」

李鉄拐の声が空から降ってくる。どこか粘着質な響きだ。悪意が存分に籠められている。

張果はその声のほうに顔を向けることなく口を開けた。

「無言で見続けるほうがしつこくて気持ちが悪いよ、なに？　用事は？」

「そう急《せ》かすな。ただ俺はあの女とお前のやり取りを見ていただけだろう。それがそれほど、怒られるようなことだとは思わないが？」

「それで君の見たいものは見えたわけ？」

張果の冷え切った声で問いかけられた言葉に李鉄拐は深くため息を吐いた。

「お前があの女につくということは、我々と敵対することを意味しているのだが、それをあえてあの女に伝えなかった意味は？」

「別に僕自身は敵対するつもりはないしね、今のところは」

「だがあの女は違うだろう。あの女は目的のためなら迷いなく国を揺るがす。そうなれば我らも前に出る。さすればいずれ我々は衝突する。我らは無闇に国を混乱させたいわけではない」

「そうだろうね、李隆基側についている君なら、そう僕に言うしかないだろうね」

張果の言葉に李鉄拐は、ぐっと呻き声を噛み殺したような息を吐き出した。そして苛立《いらだ》ちを露《あら》わにしながら言葉を続ける。

「あの女を真綿のように包み込む意味がわからんな。現実を突きつけてやったほうがいいとも思うがな」

「でも綺麗《きれい》なまま理想を掲げて、どこまで突き進めるのかどうかも見たくはない？　真っ白なものがどこまで汚れるのかを見たいわけじゃないんだよ。ただ、どこまで白くあれるかは、本当はとっくの昔に黒くなりかけているのに気付いていない、その有様をいつまでも見たくないかい？」

「お前は好奇心を満たしたいだけか、ずいぶんわかりやすい」

「そうだねえ、今のところはその気持ちが大きいかな」

そこで張果は緩やかに片手を持ち上げた。そのとき草むらから張果に襲いかかるように飛びかかってきた野犬が、ぎゃいんと悲鳴を上げて地面に転がった。むせるような血の匂いと、飛び散った血のり。張果の衣にも血が飛び散ってしまったようだ。それを張果は指で拭い取りながら、そこで初めて瞳に僅かな苛立ちを含ませながら空を見上げた。

「そう怒るな。……ああ、あとここでお前を見ていたのは私の意思ではない」

李鉄拐の面白がるような声に張果の表情に不快感が混ざっていく。それに構わず李鉄拐は言葉を続けた。

「漢鍾離の意思だ。それもまた理解していただろうに。あれは太平公主に力を貸しているからな。私以上に、お前たちが気に食わないようだからな」

「この野犬もそいつが？　それとも君が？」

「さあな、その野犬の矛先があの女に向かなくて良かったな。……まあ、あいつは我々と違い、表に出ることを極端に嫌う。直接、手を出すことはしまいが」

そこで彼は押し黙る。これ以上は余計なことを話すつもりはないという李鉄拐の態度だった。

「……それで僕が李隆基についているという噂も君が？」

ゆっくりと顔を上げて問いかけた張果に李鉄拐は低い笑いで返す。

「お前に関する噂があるのを知っていて興味も持たず放置していたのが悪いと思うがな」

李鉄拐はそのまま声を低めて吐き捨てるように言った。

「いつまでもそのままでいられると思うな、お前も、あの女も」

◆

「では、そのようにお願いします」

玉真は史崇元を前に深々と頭を下げた。

玉真と金仙のそれぞれの道観建築は進んでいるものの、進捗が悪く、史崇元が更に近くの村から人員を引っ張っていく噂を聞いたのだ。そこで玉真は史崇元の道観に行って、崇元に決してそのようなことをしないように強く頼み込んだのだった。

いつもの通りなら、ある程度は配慮してくれるだろう。軽くなった心で道観の門から出ようとするところを、背後からぐいと腕を摑《つか》まれて玉真は驚いて振り向いた。

「また、崇元に口添えに行ったのかい?」

「ええ、そうですが」

そこにいたのは張果だった。表情の見えない、のっぺりとした顔で張果は玉真から腕を離した。戸惑いながら玉真は張果に問いかける。

「あ、あの、どうしたんですか、張果さま」

「……まさか今ので本当にうまくいったと思っている？」

「それは……」

そこで張果は玉真の額に手をかざした。僅かばかりの熱を感じたかと思ったとき、張果がぱっとその手を玉真から離した。そのまま張果は玉真の腕を摑んで、元の崇元と会話した部屋まで連れて歩かされる。その間、多くの道士たちとすれ違ったが、誰もこちらに見向きもしなかった。

これは気配を消す術。

意図はわからないが張果はそれを玉真にかけたのだ。

史崇元と会話した部屋には、まだ彼が残っていた。机の上にある瑠璃《るり》の碗《わん》を愛《いと》しそうに撫でながら、彼はくつくつと笑いながら、膝をついている側仕えの道士に話しかけていた。

「神仙に見初められし女道士であるがゆえに、公主さまは品の良い育ちをしている」

「そうですね」

「素直で馬鹿正直ゆえに騙すのも簡単だ。意見に従ったふりをしているだけで、すぐに帰ってくれるとは。時間を使うこともない。ただ少しばかり公主さまの暇つぶしに付き合えばそれで終わり。儂は言葉を聞くだけ聞いて、公主さまは気持ちよく帰れる。お互い利益を得て素晴らしいことではないか」

「そうですね」

「少しばかり悩んだ素振りを見せて、あとは人員を計画通り増やすだけ増やし、公主さまから抗議があった場合は、元々の予定よりは増やしたと適当に言いくるめてしまえばいい。なかなか良い考えだろう」

「そうですね」

「なに、あれほどの美貌を持つ者と一時の歓談を味わうことができるのも、また儂にとっては役得よ。適当に言いなだめ、あしらいつつを無下にせぬようになかなかうまくやれておるだろう?」

「そうですね」

側仕えの道士は静かに賛同し続けていた。彼は史崇元と会話をしているが、あくまで同調以外の意思を持つことを許されていないのだろう。その証拠に史崇元は彼のほうを見ていない。これはあくまで史崇元の独り言であり、彼が気持ちよくなるための自慰だった。

そして、その自慰に無自覚に付き合わされてきたのは玉真だった。

ぞっと顔を青ざめさせて言葉を失っている玉真に張果は彼女の肩に手を軽く乗せてきた。

「ただ口添えしただけで人が動くわけがないだろうに。ちゃんと聞いてくれたのは最初の頃だけ。あとは今までこうやってあしらわれてきたことがあったの、気付かなかった? そんなことはさすがにないよね、だって必ずお願いしたことが通ってきたわけでもないしねぇ」

「わざわざこれを思い知らせるために私に……?」

「というより、こういうの見たら君がどう思うのか知りたいなって。知的好奇心を満たしたいがため？　そうそう、そういう感じかな？」

「……それは」

「で、どう思う？」

面白がるような表情をして張果は玉真の顔を覗き込んだ。

だがそんな張果とは逆に玉真の心は冷めていった。

こんなふうに舐《な》められるのは、いつものことだ。

しょせん武則天に惨殺された母親の娘だ。その価値も低く、駒としてしか見られない。女であるという立ち位置ゆえに、性的な視線にも晒される。

史崇元とは少しばかり気安く話しすぎていたらしい。元々薄く纏った神性が剝《は》がれ落ちても仕方がない。

──本当は神格なんて持ち合わせていないまがい物なんだから、ぼろが出てしまうのは当たり前。取り繕えるうちに気付けたのだから良しとしないと。

玉真は拳を強く握り締めながら、冷静を装いつつ張果に言った。

「わかりました、じゃあ今すぐこの術を消してください」

「はい？　でもそんなことをすると崇元に君の存在がばれちゃうよ？」

そう言って不思議そうな顔をする張果に、玉真は笑顔を顔に貼り付けて答えた。

「それで構いません」

「いや、それは……」

「それで構わないんです。私は今すぐ崇元さまとお話をしたいので」

「ああ、なるほど、そういうことしちゃう？」

「はい、だから、今すぐ、即、術を消してください」

その言葉が終わるか否か術が消えたのか、部屋にいた史崇元の顔が玉真のほうに向けられた。みるみるうちにその顔が青くなり強張っていく。

「……玉真公主……！」

「申し訳ありません。今の話、聞かせていただきました」

「いや、これは……」

びっしりと汗をかきながら狼狽《ろうばい》する史崇元に玉真は悲しそうに眉根を寄せながら言った。

「仕方がありません。崇元さまがそう仰るなら、私も手伝います」

「な、なにを……え？　な、なにを……」

「人員をどうしても増やしたいんですよね。だからそれなら増やさなければいけない分、私が工事のお手伝いをしようかと。私ができることはそのくらいしか。こう見えても既に手伝ったことあるんです。経験もありますから」

「い、いやいやいや、さすがに公主さまをそのようなことには」

「私は公主であると同時に女道士です。善行を積み重ねる修行は行わなければ。力仕事ならば良い修行となるでしょう」

にっこり笑う玉真に、史崇元は困惑ぎみにぎこちなく言った。

「……玉真公主さま、あなたはご自分の立場をおわかりで？」

「ええ、ですからこうして、崇元さまにお願いしております。皇帝の娘ではなく、崇元さまに師事しております女道士として」

しばらく黙り込んだあと崇元は玉真に「仕方ありませんな。そのようなことを公主さまにはさせることはできませぬ。ゆえに人員を増やすことについては再検討しましょう」と答えたのだった。

そのまま部屋を出た玉真は傍にいる張果ににこやかに話しかけた。

「張果さま、もう一度姿を消していただけます？」

「えっ」

ぎこちなく張果に顔を向け、にこやかに言う。

「もう一回、術で消していただけます？」

「い、いいけど……」

「しばらくすると多分、また先程のように人を舐めた態度を取ると思うんですよね、崇元さまのことだから。なので、もう少し様子見しようと思いまして」

「それで崇元の思惑がわかれば、また姿を現して脅しめいたことを言うのかい？」

「まあ、そうですね」

小首を傾げた玉真に張果は陰鬱そうな顔で言い返した。

「な、なるほど。ねえ、これ、いつまで続けるの？」

「崇元さまの態度が変わるまで」

「ぼ、僕の力に頼りきりなのは理解している？」

「ええ、ありがとうございます」

玉真はすぐに頭を下げた。何度も頭を下げて張果の力が借りられるのなら安いものだ。それを見た張果が呆れ果てたような口調で言い返す。

「さすがに崇元も三回目くらいからは警戒しはじめると思うんだけど」

「それならぼろを出すまで、ずっと崇元さまについていって監視しましょうか。やっぱり、すぐにうまく小娘を騙しきった愉悦に耐えきれなくなって、どこかで自己顕示欲を満たすと思うんですけどね」

そこまで早口で言い切ると張果が少しだけ嬉しそうに口元を緩ませた。腹に手を置いて、声を出して笑った。まるで子どものような声だった。

「どうしたんですか？」

驚いている玉真に張果は「……いや、取り越し苦労だったんだね」とそれだけ言ったのだった。

第四章

張果《ちょうか》に四仙を紹介されてから、玉真《ぎょくしん》の生活はがらりと変わった。史崇元《しすうげん》とは道観《どうかん》建設のことで少しもめたが、師であるからこそ、彼の出席する重要な儀礼や内廷《ないてい》の召見《しょうけん》に同伴するようになった。直接的ではないが、崇元を関与させる形で意見程度なら口にできるくらいにはなった。

崇元も玉真を大事に扱ってくれる。師匠というよりは、まるで後見人のようだ。

道観建築も終わり、華美な建築としてはできあがった。苦労した玉真の口添えもあって、無闇に人員を投入するようなことはなかった。また玉真が度々顔を見せることで工事の士気も上がり効率も向上して、予定よりも早く建築が完了したようだ。

玉真と金仙《きんせん》、二人のための道観をそれぞれ建築するのだから、かなりの規模ではあったからこそ、こうして無事に終わったことは奇跡に近い。

ただ、そうはいってもすべてが順風満帆にうまくいったわけではなかった。

水害や旱魃《かんばつ》に霜害《そうがい》や蝗害《こうがい》など様々な凶事が国を襲った。かなりの民衆が飢えてしまい、結局、その煽《あお》りを受けて崇元は途中から道観建築の工事責任者を降りたのだった。だが、それ以降も玉真がある程度は、干渉することはできたため、民衆を苦しめるような最悪の展開だけはなんとか避けることはできた。

——けれども、私の立場が変わっても姉さまの立場は一向に変わらない。

金仙は相変わらず何者かに狙われ続けて命の危険に晒《さら》されていた。

そんな日々が続く中、早朝、玉真は金仙の道観に来ていた。また体調を崩していた彼女を見舞うためだ。

顔を見せた太陽を喜ぶかのように、あちこちで鳥が歌っている。鳥の歌声は朝特有の澄み切った空気を震わせていた。冷えた風が吹けば道観のあちこちに植えられた梅の花がざわめき、香りを散らしていく。

良い香りに、思わず玉真は陶然としてしまう。これほどまでに心地よさを味わうことができるのだから、今日だけではなく、習慣として朝早く起きてみるのもよいかもしれない。

道観の一室で、金仙は寝台の上で上半身を起こして玉真を迎え入れた。

彼女の長い髪は、日光の下で、月光のときとはまた違った艶《あで》やかな光を放っていた。清潔感のある白い寝着を身につけている。くるりとした丸い瞳は無邪気な感情を垣間見せていた。金仙は玉真よりも身長が高い、その上、表情はあどけないながらも、ふとした瞬間に見せる顔立ちは驚くほど色気がある。

「玉真公主、来てくださってありがとう。一昨日も昨日も、私が寝ていたときにあなたが来てくれたみたいだったから、とても申し訳ない気持ちだったのよ。偶然でも、今日、起きていて良かった！」

金仙は手を叩《たた》いて喜んでいる。それを見て玉真は苦笑して言った。

「私のことは玉真でいいわ、公主なんてわざわざつけなくても」

「でも、どこで誰が聞いているかわからないし。陛下があなたを特別視している以上、それがただの上っ面なものでも、公主と敬称をつけるべきだと改めて思い知ったから」

「……誰かに何か言われたの？」

不安になりながらそう尋ねると金仙は首を横に振りながら返した。

「いいえ、何も。でも、あなたの名前はあちこちからよく聞くわ。陛下の覚えもいいと。だからこそ、私がそうすべきだと思ったのよ。だから大丈夫、気にしないで」

金仙の決意は固いようだ。これ以上言っても無意味だと感じて、玉真はやれやれと肩をすくめながら言った。

「……元気そうね。もう身体は大丈夫？　最近、また体調を崩しがちみたいだけど」

「大丈夫よ。今からでも外に散歩に行けるわ！　もし玉真公主が一緒なら馬で駆けに行きたいくらいよ。もうこんな狭い部屋で寝たきりはたくさん！　……それにしても……」

そこで金仙は形の良い眉を顰《ひそ》めた。

「玉真公主、随分ちゃんとした格好しているわね。これからどこかに行かれるの？」

金仙の言う通り、玉真は頭に鮮やかな炎の色をした鳳冠《ほうかん》をかぶり、身に紅梅色の刺繍《ししゅう》服を身に着けて、優雅に薄紫色の軽君《けいくん》を纏《まと》っている。

「最近、いつもその鳳冠をかぶっているわよね、でもよく似合っているわ」

金仙は微笑んだ。

身長の低い玉真であったが、ちゃんと化粧を施しているためか、いつものように幼い容貌には見えない。

「ええ、少し……」

禁中に呼ばれているのだ。昔と今では違う。神性を高めた女道士として着飾らなければいけない。だが、それをはっきり言うと、また金仙を心配させてしまうことだろう。玉真は返答を濁らせた。

「そうだ、聞いて！」

金仙は頰に手をあてて、潤んだような瞳を見せてくる。

「侍女から、新しい団茶《だんちゃ》を淹《い》れてもらったの。一緒にどう？　さっき淹れてもらったばかりなのよ。ほら、一応、玉真公主は言っていたでしょ、無闇にものを口に入れないように。だから玉真公主を待っていたのよ。もちろん今日、あなたが来なかったら、飲まないつもりだったから」

金仙は無邪気な笑顔を見せてくる。

玉真が金仙の視線の先を見ると寝台の傍《そば》に茶器が置いてあった。まだ少し温かいのか湯気が出ている。

「ちょっと姉さま、その侍女って、誰？」

玉真が頭を抱えながら言うと、金仙は少し考え込んでから軽やかに答える。

「私のお世話をしてくれる女道士よ?」

「……その女道士に見覚えは?」

「どうかしら?　お世話する女道士の人たちは毎日顔ぶれが変わるから。思ったより沢山、女道士がいるから、全員は覚えられないのよね」

「そう。……念のため、この団茶は飲まないで。この茶器は私が取り替えます」

「わかったわ、残念だけど仕方ないわ、玉真公主の言葉はいつも正しいもの」

金仙の脳天気な言葉に玉真はため息を吐きながら茶器を取り上げる。そしてそのまま庭の池に向かい、一匹だけ小さな鯉《こい》を閉じ込めた小さな池堀に、その団茶を流し込もうとして、すっと伸びてきた手に止められる。

「そんなことをしなくても、中身はわかるよ。君の予測は当たっている。それは毒だね」

「張果さま……」

玉真の背後に現れたのは張果だった。彼は池の中の鯉を眺めながら言った。

「鯉が可哀想だからやめてあげて。必死に生きているんだよ、その鯉も。……ようやく止めることができた。たまーに見てたら、死んじゃったりするのを見かけて、そのたびに可哀想って思っていたんだよ」

悲しそうに眉根を寄せる張果を見ながら、玉真は茶器の団茶を池ではなく地面へと流しながら言う。

「張果さまはお優しいのですね」

「優しいというか、普通に嫌じゃないかな？　だってやっぱり頑張って最後まで生きてほしい、老衰がいい……。毒かどうかたしかめたければ僕を呼んで。すぐにわかるから」

「でも、さすがにこれ以上、迷惑はかけられません」

「死んだ鯉を見てしまうほうが僕の心がしくしくしてしまうよ、そっちのほうが迷惑だよ。僕の心をもっと気遣ってほしい」

「でしたら……」

「うん、お願い、ありがとう」

　玉真の言葉に張果は満面の笑みを浮かべた。

「それにしても、また……毒……なんですね。最近、毎日のように……」

「まぁ、仕方ない。君の弱みはわかりやすいからね。君を邪魔に思う者は、まずは先に金仙公主を殺して君の心を殺したいと思っているのだろうね」

「……私のせいで……」

「でも、そんなの、今更わかっていただろうに。口に出すことではないだろう。……言っただろう。君がどれだけ動こうとも姉は助けられないよ」

「それでも私は……」

「うん、わかっているよ。だから、このやり取りは時間の無駄だよね」

　張果にしては珍しく冷酷な顔と声で返してくる。玉真は顔を引きつらせながらも言った。

「ええ、だから私はこう考えます。これはあくまで警鐘。本気ではないです。私がどこまで気付いてどこまでできるかをたしかめてもいる。おそらくこれからもっと、本格的に姉さまの身に危険が迫ってくるでしょう」

「じゃあ、やっぱり、次にまた動いちゃうわけ？　最近、そんなに大げさなことをしてなかったから、わくわくしてきちゃうな」

「……」

——でも、どうしたら。

浮足立つ張果とは裏腹に玉真の気持ちは焦燥感に塗りつぶされていった。

◆

その日の夜、良い案が浮かばず、再び金仙の道観に訪れて、いつものように金仙の様子を見舞い終わったあと、そのまま外に出ずに廊下を一人うろうろしていた。

「このままでは……どうしたら」

動いても動いても心が凍えていくようだった。身体の足先から頭上まで、冷えが浸透していく。立ち止まっても何も変わらなかった。

玉真はもう一歩後じさった。あんな笑顔を二度と見ることができないようなことにはなりたくない。護りたい。でも護れないかもしれない。

思考が止まる。心臓だけが強く脈打っているように感じられる。頭の中が透き通るように真っ白になっていく。

張果にあれだけの啖呵《たんか》を切ったものの、結局、次の一手が思い浮かずにこの体たらくだ。

玉真は荒く息を吐いた。無意識に息を止めてしまっていたようだ。口元を手で押さえ、必死に音をたてないよう空気を吸い、吐く。息苦しさに咳《せ》き込みそうになる。

わかっていたことではないか。

これは勝ち目のない戦いだ。

そんなことは最初から、わかりきっていたことだった。衝撃を受けるまでもないことのはずだった。

だから張果は玉真に何度も無駄だと言い続けてきたのだ。

嗚咽《おえつ》が漏れそうになる。視界が滲《にじ》みはじめる。気持ちの悪い嘔吐感《おうとかん》が喉までせり上がる。

それなのに、何故これほどまでに心が震えるのだろうか、くじけそうになるのだろうか。

涙を出すほどの出来事でもないはずだ。何故ならば、わかりきっていた結末なのだから。

それでも、頑張ってみせると心に決めていたのではないか。今更な事実に心を揺るがす必要など、ないはずだった。

――何故、私たちがこんな目にあわなければいけないのだろうか。

ああ、思ってしまった。玉真は自分の弱い心に愕然《がくぜん》とする。大きく膨れ上がる恐怖心を感じずにはいられない。姉を大事に思う一方、どうしてこんな目にあわなければいけないのだろうか。普通に静かに生きていきたいだけなのに。

やめよう、こんな考えは。そう思った。

今は残った仕事を片付けて、心を落ち着けよう。そうして、元気になった頃に姉に明るい笑顔を向けてあげよう。幸い、姉の体調は良好のようだ。それを確認できただけでも良かった。

――もっと私自身が強くあれたらいいのに。

自分の弱さ、それが苦しい。

せめて、もっと強くなったのであれば楽だっただろうに。結局、玉真は周りを騙《だま》して、人の力を借りて強く見せているだけだ。二つの想《おも》いが、せめぎあっている。時間が経《た》てば落ち着く。玉真は時間のありがたみを知っている。

静かに彼女の部屋から離れる。背を向け、歩き出す。

泣くつもりはない。落ち込む必要もない。混乱してしまうかもしれないが、それも少しの間だけだ。そのうち元の元気な自分に戻れる。

戻れる、はずだ。

玉真は暗がりの廊下の中、ふと足を止めた。

ひとりの道士とすれ違う。廊下が暗いせいで、月光だけでは顔格好はよくわからない。

この廊下の突き当たりには金仙の部屋しかない。彼女に用があるのだろうか。

「待ちなさい」

玉真は道士に声をかける。道士は彼女の声に聞こえなかったのか、そのまま突き進もうとしている。

玉真は道士の肩を摑《つか》んだ。道士は緩やかにこちらへ振り向こうとした。

白刃が鼻をかすめる。寸前のところで退いたゆえ、傷は受けなかったが、不意をつかれてしまったため、身体のつり合いを崩してしまい、その場で倒れ込みそうになる。

後ろ足で踏みとどまり、道士を睨《にら》みつけた。

黒い装束に身を包んだ道士の手に、小剣が握られている。

見覚えのない顔だった。玉真はほぼ毎日、姉の住まう道観に通っている。姉は覚えきれないと言うが、この道観で修行する道士や姉の世話をする女道士の顔は大体、頭に入っている。

こいつは知らない。

そもそも男の時点でかなり怪しい。宦官《かんがん》がここに訪れることはあるが道士の姿に扮《ふん》している。それとも元宦官なのだろうか。そういった者が道士になることもあるとは聞いているが。

玉真は懐に忍ばせていた、短めの棍棒《こんぼう》を取り出し、軽く振り回す。身を肌寒くさせるような殺気を向ける相手に微笑んだ。

「申し訳ございませんが、教えてくださいませんか？　あなた、どこのどなたですか？」

道士は無言で身を翻し、玉真の脇を通って逃亡しようとする。

もちろん、逃す気などなかった。

玉真は道士の足を棍棒で引っ掛ける。道士は身体の均衡を崩し、そのまま倒れ込んだ。玉真は道士の背中に覆いかぶさり、彼の首に棍棒を差し込み、強く引き上げた。男の苦しそうな呻《うめ》き声が聞こえたところで、少しだけ力を緩める。

「再度お聞きしますけれども」

玉真がにこりと笑む。

「あなたは何者ですか？　どこに行こうとしていたのです？　そのような危ないものを持って何をしようと考えていたのですか」

道士は苦痛の呻き声を漏らすばかりで、答えようとしない。

「……この先は金仙公主の部屋です。あなた、彼女を殺しにきたのですか？」

男の声音が僅かに途切れた。

玉真は目を細める。

「そう」

柔らかに笑んだまま、優しく告げた。

「あなた死にたいのね」

玉真は腕に力を込めた。

「……ま、待て、俺は……頼まれて」

途切れ途切れに、男が言葉を紡《つむ》ぐ。男の額にはじわりと汗が滲んでいた。

「頼まれて？　誰に？」

「……そ、それは」

誰に、そう問いかけようとして、玉真は嫌な気配を感じ、男の背中から急いで離れる。頭を持ち上げ、身を退けた玉真の首を一本の矢がかすめる。はっと思うまでもない。眼前の男の喉に矢が突き刺さっていた。

玉真は矢が飛んできたほうを見る。背後に窓があり、そこから矢は飛び出してきた。また飛んでくる可能性があるため、玉真は身を屈《かが》ませ、窓から僅かに頭を出して外の様子を窺《うかが》う。

足音がして遠のく。

何者かが、外から矢を放ってきたようだ。しばらくして、完全に人の気配は感じられなくなる。逃げてしまったようだ。静寂が身に染みていく。

姉を狙ったのだろうか。

だが、何者が何の狙いで。やはり兄上か、それとも太平公主か。それ以外の何者か。

玉真は大きく息を吸い込んで吐いた。

ようやく目が覚めてきた。

実際に迫る危機に嘆いてばかりでは何も始まらない。そんなことは今までだってずっと思い知っていたことだった。

どうしていいか、まだ何もわかっていない。だが動かなければと思った。玉真は素早く立ち上がり、来た道を戻りはじめる。

目的地は姉の部屋だ。まずは姉の顔を見て、自分の決意を改めて固めようと考えたのだ。

勢いよく開きかけの戸を引いた。

そこにいた人物に目を見開く。

「張果さま！」

張果もどうやら異変に気付いたらしく、心配で金仙公主の様子を見に来てくれたようだ。

「ああ、良かった。こっちも無事だよ」

「ありがとう……、ございます」

張果の浮かべた笑みに思わず声がどもってしまう。このようなことではいけない、と顔を引き締め、彼を真正面から見据えた。一度部屋から出て話をしたいことがある、と告げる。

張果を廊下まで連れてきて、深く息を吸い込んだ。

「私はどれだけ張果さまに迷惑をかければいいのでしょう」

「いいんだよ、別に。この程度、大したことはないから」

その柔らかな言葉に安堵《あんど》してしまい、玉真は眼を丸くする。彼の話の続きを待った。

「言っておくけど、僕も驚くほどに予想以上にことは動いているようだよ。君もおとなしくしたほうがいい。といっても聞く耳は持たないんだろうけどね」

「ことが動いている……？」

「まず太平《たいへい》公主が蒲州《ほしゅう》から戻ってきたのは知っているね」

張果の言葉に玉真は大きくうなずいて答える。

「はい、そこは。そして太平公主の手の者が宰相として返り咲いたのも理解しています」

「……まあ、だからぶっちゃけ李隆基《りりゆうき》も焦っているんだよ。彼も孤立しはじめているからね。ここらで彼も次の一手を打たなければいけないんだ」

「……でも兄さまは、先日、崇元さまとのお話を覗き見したときは、何かしらのことを考えているようでした」

「まあ、そもそも太平公主を蒲州から戻したのは李隆基の仕組んだことだからね。だから何かしら思惑があって、それで動き続けてこうなっているんだろう。今の彼の状態が、李隆基自身、望んでいる方向にいっているかは、さておいて」

それを聞いて玉真は口元を手で押さえて驚きの声を上げる。

「えっ」

そして首を何度も傾《かし》げながら玉真は言葉を続けた。

「どうして、そのようなことを……だってそのようなことをすれば、兄さまの不利になるばかりなのに。実際に不利になっていますよね」

「うーん、うーん……なんとなくはわからなくもないけど」

張果は腕を組んで目を閉じながら唸《うな》り声を上げている。それを見ながら玉真はぽんと手を打った。

「もしかして兄さまは太平公主と仲良くなりたいのでしょうか」

「ずいぶん面白いことを考えるね、君」

呆気《あっけ》にとられた顔を向けてきた張果に玉真は人差し指を立てながら説明する。

「だって蒲州という田舎に飛ばしておきながら、結局、再び長安へと戻すということは、一旦は太平公主と離れたものの、やはり近くにいさせたほうが、都合がいいと判断したからでしょう。距離的な問題の解消をしたかったと考えると、兄さまは太平公主と直接、交流することを望んでいるからではないでしょうか」

「ふぅむ」

明後日の方向を見ながら考え込む素振りを見せる張果に玉真は説明を続ける。

「私が太平公主に入道を言い渡されたときも、兄さまはあの場にいました。……あれもよくよく考えれば、兄さまとして太平公主と何かしら会話を交わしたかったからなのでは。もし私の推測が正しければ、太平公主はどうあれ、兄さまからしたら、まだ歩み寄りたいという気持ちがあるのでは？」

「なぁるほどね」

感心したように言った張果だったが、すぐに難しそうな表情に変えて両腕を広げながら言葉を続ける。

「なかなか良い線いっているとは思うけど、でもやっぱり二人を歩み寄らせたいというなら無理な話だよ。そもそも太平公主が李隆基を憎み、敵と見なしているのには理由があるんだから」

「理由ですか?」

玉真の問いに、こくこくとうなずきながら張果は言った。

「そう。君も知っているだろう? 李隆基は先代の后妃を女禍《じょか》として殺している。その際に太平公主のお気に入りであった女官である上官婉児《じょうかんえんじ》を殺している。彼女は太平公主が見い出して、引き立てられた、まるで身内同然のような扱いをしていた。太平公主にとってみれば、それだけの才能があって愛《め》でていた者を理由があったとはいえ失ってしまったのだ。そうなると婉児を殺した元凶である李隆基を激しく憎むのは当然だろう?」

玉真ははっとして高い声を上げながら頬を紅潮させて言う。

「待ってください。でもそれって、結局、太平公主側が兄さまに思うところがある根拠であって、兄さまからしたら、太平公主に激しい敵意を持つ理由はやっぱりないのでは」

その言葉に張果も玉真と同じように「なるほど」と驚いた顔をする。

「実際、兄さまはどう思っているんですか? 何か知りませんか?」

「そこで僕を頼るか、そうだねぇ……」

張果はしばらく考え込んだあとに指を立てて言った。

「彼には裏がある。見たままの彼を信じてはいけないよ」

「というと……?」

「たとえば、君が太平公主に、彼女の道観に呼ばれたときに、いち早く李隆基もやってきていただろう。あれはそれだけ情報網を巡らせて太平公主についての情報を集めていたのだと思われる。っていうか、そうなんだけど。それと同時に、彼にはそれができるだけの人脈と伝手があるということなんだよね。同時に、それらを駆使しただけじゃなく、危険を冒すかもしれなかったけれど、直接、太平公主の前に出たわけだ。それは何らかの確信があってこそだと」

「確信？　つまり兄さまは何かしら根拠を持って動いたと？」

「根拠というか、彼にはちゃんとした味方というか提言役がいるんだよ。彼が迷いなく動けるのは、その側仕えのおかげだろうね」

「じゃあ、兄さまというよりは、その者も巻き込んで考えを変えることができれば？」

「ふむふーむ、たしかに、それは良い案かもね」

「でしょう？　ならば……」

そこまで言いかけて玉真は緩やかに首を横に振りながら声を落とす。

「周りを巻き込んででも、お二人の仲を取り持つことは難しいのでしょうか。とりあえず兄さまと太平公主の政争を鎮めること、そうすれば姉さまが狙われるようなこともなくなるのでは」

玉真は頭を抱えた。その目的にかなり無理があるのも同時にわかってはいたからだ。

——とはいえ一つの突破口なはずよ。

何もしないよりは動いたほうがいい。それが玉真の信念だった。

「なるほど、よく考えたね。すごいね。……そういう方向性は僕には思いつかなかったことだよ」

そこで張果は満面の笑みを浮かべて玉真に手を近づける。

「えっ、えっ。な、何をするつもりですか」

「いいから、いいから。悪いようにしないから。おとなしくしておくんだよ」

そう言いながら玉真の頭をゆっくりと優しく、まるで子どもの頭に接するかのように撫《な》ではじめた。

――この、感触は。

息が止まるかと思った。

その手の感触に覚えがあったからだ。自分を慰めていた手のひらに。

昔、自分が自分を取り戻すきっかけになった、その手のひらだ。

――まさか、私が忘れていた記憶とは。

彼の傍にいて、心地よい空気を味わうことができるのだと、そう感じてしまってうなずきそうになるのを堪《こら》えた。

「どうしたのかい?」

不思議そうに言いながら玉真を眺めてくる張果に、玉真は慌てて首を横に振った。

「い、いいえ、なんでも……」

「そう?」と張果は納得していないようだ。ぎこちなく玉真の頭から手を離しながら言葉を続ける。

「まあ、ある程度の光明が見えたとはいえ、正直、二人を和解させるなんて非現実的なのもいいところだよ。結局、君も姉も状況が打開されなければ、狙われ続けるのは変わらない。その目的を達成するまでに君の姉が先に死ぬ確率が高い」

「……たしかに。そうならないように、今以上にさらに私は警戒しなければいけません。先ほど、妙な男を見かけましたから。もちろん張果さまもご存知でしょうが」

そう言って玉真は張果を男が倒れている場所まで連れて行く。

張果は男の死体を見ると、浅く息を呑《の》んだようであった。腕を組んで、陰鬱そうな表情をして、ゆっくりと顎を撫でている。玉真は張果に簡単に事情を説明した。

「……どうも姉さまを狙ったようなのです」

「いやまぁ、そうなんだろうけど。そりゃまあ、見ればわかるんだけど。……うーん、結構、直接的にやりにきたね。いや、気配を感じ取ったから、一応は金仙公主の部屋で待ち構えていたからわかってはいたけれども。こうやって男の死体を見ると生々しくて、変な実感が湧いちゃうねえ。とうとうここまで来ちゃったかあ。死体を置き去ってでも行動する、なりふりの構わなさにびっくりだね。相手の焦りも感じるかな」

「すべては私の甘さのせいです。私の覚悟が、まだ足らないから……私だけでは……」

玉真は胸に手をあてる。唇を開いて、言葉を口に出そうとする。

彼に頼みたいことがあるのだ。彼であれば信用がおけるのだ。

玉真の頭を撫でた手の体温を思い出してしまった。瞳が潤みそうになったが我慢した。

今は、そんなときではないからだ。

ぎこちなくなっていないだろうか。表情はおかしくないだろうか。泣いているように見られないだろうか。仕様のない意地が次から次へと湧き出ては消えていく。

——ああ、きっと張果さまは私が過去に拠《よ》りどころにしていた、あの人だったんだ。

すべてを思い出したわけではなかった。

だから張果に話せるようなことは何もない。

ただ、彼といつ会ったのかは、ちゃんと思い出せたのだ。

だが、この気持ちを今は表に出すべきではない。

なぜなら玉真は彼に甘えなくても、自分で何とかなるだけの力を既に持っている。しかし姉にはそれがない。姉には絶対的な庇護《ひご》が必要だ。

だからこそ、今まで心の拠りどころにしていた温かさは姉のために手放すべきだ。それもまた玉真は理解していた。

ああ、この気持ちをなんと呼べばいいのだろう。

初めて人の死を感じたあの日、恐ろしくて震えていた自分をひたすらに慰めていた、あの手のひらと温かさ。そして優しさを。ずっと心の奥底で大事にしていた執着を。それなのに温もりばかり縋《すが》り付いていて、その温もりを誰が与えてくれたのか、まったく忘れていた。その幼さを一体、なんと呼べばいいのだろう。

情なのだろうか。そんなに簡単に片付けられない気もするのだ。

だからこそ、その優しさを姉に与えなければ。

玉真は張果を、しっかりと見上げた。

「どうか姉さまを護《まも》ってください」

――私に協力してください。

「彼女の傍にいてあげてください」

――私の傍にいてください。

「私のことでしたらひとりでできます。だから、今は姉さまのことをお願いします」

――私ひとりでは心許《こころもと》ないです。私と共にいて、私を支えてください。

二つの気持ちが衝突しあう。そのたびに心が軋《きし》むような音をたてる。痛くて、痛くて、血が多く流れ出てしまうようであった。

心に淀《よど》んでいく感情を表に出さぬよう、必死で嘔吐感を堪える。

口に出してしまいたい。

慕っているのだから、傍にいてほしいと。

姉ではなく、私の傍に。

――今は、私の思いを優先するべきではないわ。なによりも姉さまを護らないと。

玉真は心中で即座に否定する。だが、言えるわけがないのだ。自分の身を守れない金仙のことを思えば、彼女が危険に晒《さら》されているかもしれないと考えてしまえば。

自分勝手な真似は許されない。

自分勝手な想いは外に出せない。

「持盈《じえい》……」

何か言おうとする張果を制した。

「張果さまもご存知の通り、私、姉さまを思う気持ちだけは自信があるんです。……それに、この程度で弱音を吐いていてはどうにもできません。危険なんて今までもたくさんありました。だから、私、ひとりでも大丈夫ですから」

「本当に大丈夫かい？」

張果が不安そうに表情を歪《ゆが》めた。

「なにも一人で無理をすることはないんだよ」

「無理なんてしていません。私はそのあたりわきまえていますので、自分の力加減を」

「本当に、本当に大丈夫かい？　わきまえている？」

「大丈夫です。ご心配ありがとうございます」

玉真は笑い、張果は深いため息を吐く。

いつも通りの流れに、いつも通りの空気。心地よさを覚えると同時に、玉真は虚《むな》しさを感じずにはいられなかった。

だから張果と会話を交わした後、残った仕事を片付けるために自分が住んでいる道観に戻る。執務室に入り、蠟燭《ろうそく》の光を灯《とも》して、火に近づく虫を払いのけながら、椅子に座り机に積み重なった書簡を開く。

視界が水でふやけたように歪んだ。

一体、なぜこんなにも胸が苦しいのだろう。

結局、姉を護る目的がうまくいっていないからか。

そこで玉真は、嚙《か》み締めるかのように、昔、大切な者を喪《うしな》って悲しんでいたときに慰めてくれた手のひらの温もりを思い出す。自分の心を守るためだ。その手のひらの正体が今、思い出したというのに、すぐに手放してしまった。こうなってまで己の弱さを気にしてしまう身勝手さにうんざりする。結局、自分の弱さに目を向けてしまうから、その自分勝手さに気付いて苦しいのか。

答えなど出るわけがない。堂々巡りだ。

文字が読めない。必死で眼を凝らして、文字を眼で追おうとする。しかし、ぼやけてしまって、それすらもできなくなる。玉真は目を細めた。視界を狭くすれば、きっと文字が見やすくなるだろう。そう思えば、書簡を読むことに集中できるはずだ。

きっと疲れているのだ。

頭が重いし、喉は苦しいし、腹の辺りに汚濁が溜《た》まっている感覚がある。けれども、少しだけ、瞼《まぶた》を閉じれば落ち着くし、すぐに元に戻る。

玉真は指を眼に近づけた。

ほろり、と水滴が指先に落ちた。

玉真は手の甲で瞼の辺りを拭った。痛かった。強く擦《こす》ってしまったからだ。

泣いてしまっていることを認めたくはなかった。

泣いたら負けだと思っていたから、涙は出したくなかった。

出したくなかったのに、どうしようもなかったのだ。

「駄目だな、私。どんなことも耐えられると思っていたのに……」

一人でいれば神仙でもなんでもない、ただの弱い人間であることを思い知る。

玉真はただひたすら嗚咽を噛み殺し続けた。

◆

空に禍々《まがまが》しく赤い彗星《すいせい》が焼け付くように残っていた。夜に突如現れたそれは、朝になっても消える気配はなく、不気味に空を彩っていた。

睿宗《えいそう》の急なお召しにより各宰相たちだけでなく蒲州から戻ってきていた太平公主、そして皇太子の李隆基、また各派閥の三品以上の高官が伺候《しこう》していた。崇元に連れられた玉真も一緒だ。

重苦しい空気に一同が沈黙をもって内廷の玉座に座った睿宗を見つめている。

——一体、何が始まるというの。

緊張しきった空気を破るかのように睿宗が重い口を開いた。

「空に妖星が出たな」

今もなお、空に焼き付いている赤い彗星のことだ。

睿宗は落ち窪《くぼ》んだ目をぎょろぎょろと動かしながら言葉を続けた。

「巫術者《ふじゅつしゃ》の話も聞いた。皇太子が天子となるべき兆候らしい」

「……陛下、それは……」

焦燥感に満ちた顔で太平公主が口を挟もうとしたのを睿宗は止めて、唾を吐き散らしながら、まくしたてるように続ける。

「つまりは儂《わし》の尊位を捨てるときが来たのだ。やはり儂は天子にふさわしくないのだ。妖星は儂が早く皇太子に譲位するように急《せ》かしているのだ。そうしなければ国に禍《か》が広がると。……ずいぶん前にも似たような話をしたが、いよいよもって儂が決断するときが来た！」

「い、一体、何を言い出すのです、陛下……いいえ、兄さま」

太平公主の驚きはもっともだ。彼女は蒲州から戻ってきてから、着実に権力の及ぶ範囲を広げてきた。皇太子の廃位までは無理だが、このままの状態であれば、武則天《ぶそくてん》には及ばないまでも睿宗を傀儡《かいらい》として政治を動かしていくところまではできたはずだ。しかしそれも睿宗が皇太子に譲位をしてしまえば、せっかく築き上げたことも無駄に終わってしまう。太平公主は間違いなく僻地《へきち》に追いやられ、二度と長安《ちょうあん》に戻って来れないだろう。だからこそ彼女は必死だった。

「兄さまはまだまだ若く、民への信頼を勝ち取っておられます。それなのに……」

「この情勢、年齢など関係ない。死ぬときは死ぬ。そんなことはお前だってわかっているはずだ。妹よ」

「それは……」

縋るように言う太平公主を哀《あわ》れんだ目で見た睿宗はため息とともに声を発した。

「それに……民からの信頼は、もはや儂にはない。それもまた耳に届いておる」

「ですが……このようなこと、安易に決めるようなことではありません。まずはよくお考えなおしのほどを」

太平公主側についている宰相の一人が慌てふためいて声を発する。それに続いて太平公主が涙を流しながら嗚咽を漏らして言う。

「そんな……兄さまはもはや私の存在など不要になったということですか」

「誰もそのようなことは言っておらぬ」

子どもをあやすような声で睿宗は言った。絶望に満ちた双眸《そうぼう》で苦痛の声を上げる。

「兄である中宗《ちゅうそう》の無惨な最期はみな、知っておろう。兄の時代でも同じように妖星は出ていた。しかし兄は無視して譲位をせずにそのまま豪遊の限りを尽くした。……儂は兄と同じような目にはあいたくないのだ。儂はまだ死にたくない」

「兄さまは中宗とは違います」

即座に太平公主がそう否定するが睿宗の意思は固いようだった。

「そうは言うがな、太平公主よ」

睿宗はあえて入道名を強調しながら言葉を続ける。

「儂にとっては同じもの。まずは正しき手はずを整えて、空から妖星を消すことを、天意に従うことこそが大事なのだ」

「ですが、いくら妖星が現れたとはいえ……」

号泣しながら兄へと一歩踏み出す太平公主に、睿宗は手をゆっくりと差し伸べた。あまりに細くやせ細った腕だ。まるで枯れ木のようだ。重責に満ちた皇帝としての仕事は、睿宗の身体から肉を削《そ》ぎ落とすほどになっていたのだ。

「突然のことではないだろう。儂は前々からお前たちに相談していた。それに……」

睿宗は誰も取ろうとしない、その手を引っ込めて虚《うつ》ろな双眸を天井に向けながら言葉を続ける。そしてゆったりと、舐《な》め回すかのような視線を玉真に向けた。

「……儂はわかったのだ。我が娘が神仙という身に昇華したからこそ、こうして最大の機会を手に入れることができた。兄には神仙が傍にいなかった。だが儂の傍には我が娘、神仙に見い出されて神性を纏った玉真公主が付き添っているのだ。だから儂は兄のようには絶対にならぬ！　儂は天意に従うのだ！」

——どうして、そこで私の話が出てくるのだろうか。

だが、これは玉真が動いた結果だ。

違う、と玉真は奥歯を噛み締める。

——私に責任転嫁しただけだ！

父親である睿宗はどこまでも優柔不断だ。それでいて責任を負いたくない。いろいろなところに理由を押し付けて自分の意思を通したいだけだ。

なんてふざけた話だ。

結局、睿宗は楽をして誰かのせいにして重荷をおろしたいだけだ。そのために玉真を利用しようとしているのだ。

睿宗は、ひひ、と引きつったように笑いながら言う。

「そして妖星の兆《きざ》しは、あくまできっかけにすぎぬ。今までの儂の歩んできた道が、その先を照らし出すために現れたのだ。やはり玉真公主を入道させたのは正しかった。それを思い知った。ゆえにこうしてお前たちを呼んだ」

「……ですが、兄さま」

さらに縋ろうとする太平公主に、病んだ双眸を向けて睿宗は一蹴した。

「とにかく譲位の決意は変わらぬ。そのように心得てほしい」

そこで睿宗は沈黙を保っていた李隆基に目を向けて言った。

「……して隆基よ、お前は何か言うことはあるか？」

「僕が何か口にするより前に、陛下が頼る玉真公主の言葉を先に聞くべきではと思いますが。それほどまでに陛下が玉真公主を想うというのであれば、なおさら」

「おお……たしかにその通りだ。隆基はやはり物事が見えておる。安心して後を任せられるのう」

同意する睿宗を一瞥《いちべつ》した李隆基は玉真に顔を向けて言った。

「ねえ、玉真公主。君は何か言うことはあるかい？」

ここが正念場だ。

玉真の目的は李隆基と太平公主の仲を取り持つこと。

——兄さまからしてみれば嫌がらせをしたつもりだろうが。

玉真にとっては、これとない機会だ。堂々とこの場で提言することができる。

玉真は一歩、前へ踏み出して周りを見渡しながら声を高らかに上げた。

「……皆さまは私が天候を操る力があることはご存知でしょうか」

周囲がうなずいたのを見て、玉真は言葉を続けた。

「だからこそ結局、なぜ妖星が現れるのか、それもまた理解しています」

そこで玉真は太平公主と李隆基にさっと視線を送りながら言った。

「人心と和に乱れがあるからこそです。それを解決するための方法はどのようなものでも構わないかと思います」

あまり長い時間は駄目だ。あくまで自然体を装う必要があるのだ。

「人心と和に乱れ……」

睿宗が虚ろな口調で呟《つぶや》くように言う。それを見て玉真は柔らかな笑みをたたえながら睿宗に言う。

「ええ、どちらにせよ、いつまでも妖星が空にあり続けるわけではありません。いつか必ず消えるでしょう。私もしかるべき、無為自然として、陛下のために動きますので、どうかご安心ください」

「おお……おお……、さすが我が娘、神仙に見初《みそ》められし者よ。頼りにしているぞ」

その微笑みを見て安堵したかのように睿宗は身体から力を抜いたようだった。そのまま、どこか疲れたように李隆基へと顔を向けて言葉を続ける。

「……して、皇太子よ。そなたは何か言うことがあるか?」

李隆基はゆっくりと首を横に振り、無表情のまま淡々とした口調で言うのだった。

「御意のままに。……そもそも陛下は僕が何を言ったとしても沈黙をもって応えるのでしょうから」

第五章

玉真《ぎょくしん》は李隆基《りりゅうき》の住まう東宮《とうぐう》に呼ばれていた。

「兄さま、こんな時期に私を呼ぶのね」

睿宗《えいそう》が周囲に皇太子に譲位する意を宣言したときから、ことは目まぐるしく動いていた。太平《たいへい》公主がどれだけ睿宗に譲位を諦めさせようと説得しても無駄だったようだ。

そんなときに玉真は李隆基から話をしたいと求められたのだ。史崇元《しすうげん》は連れずに一人きりで来てほしいと。

本当は一人で行きたくはなかった。だが李隆基の要望だ。従う必要があるだろう。

馬車に乗り、東宮に向かう道のりで玉真は、ほうとため息を吐く。

「せめて張果《ちょうか》さまがいてくれたら。おそらく張果さまなら兄さまは何も文句は言わないでしょうから」

そう言ってしまって口を塞ぐ。慌てて首を横に振った。

そうやって気安く張果を頼ってはいけない。金仙《きんせん》の身を護《まも》るためには張果を姉のもとにやったほうが安全なのだ。それは自分自身の意思で決めたことだ。

そのとき馬車が止まった。驚いている玉真をよそに馬車の戸が静かに開く。

「呼んだ?」

「わっ」

悲鳴を上げて肩をはねた玉真は目を丸くしながらも、馬車に乗り込んできた張果に話しかけた。

「び、びっくりしました。なぜ……」

その問いに張果が嬉《うれ》しそうに頬を緩めながら言った。

「呼ばれたから? だって最近、めっきり君は僕に直接頼ってくれなくなっちゃったし。金仙公主の面倒をみるのも大事だとはわかっているけど、君は僕を避けているように見えるし。そんなときに僕を呼ぶ声が聞こえたのなら、駆けつけるが道理じゃないかな?」

そこで張果が声を弾ませて言葉を続けた。

「大丈夫だよ、金仙公主のもとには驢《ろ》馬《ば》ちゃんを残しているから。驢馬ちゃんは実はかなり強いんだよ。もしかすると僕よりも強いかもね。とにかく君の姉は問題ないよ、一応、今のところは」

「……で、ですが……」

「大丈夫だよ、それよりも李隆基のもとに行くんだろう? 僕も正直、彼と久しぶりに話をしてみたかったしね。最近はなんだかぴりぴりして近寄りがたかったから、ちょうど良い機会だよ。いやー、わくわくするなぁ。まるで気分転換に散歩に行くかのような心持ちだね」

「ちょ、張果さま……」

玉真が戸惑っていると張果が馬車の窓から外を眺めながら言った。

「わかっている、わかっているとも、遊びに行くわけじゃないんだよね。でもなんだろう、すごい心が昂《たか》ぶってしまうんだよ、どうしてかな！」

「張果さまが楽しいのでしたら何よりです」

「よかった！」

張果はまるで子どものような笑みを向けてくる。

そんな彼を見て、玉真も久々に心が昂ぶる。久しぶりにこうして気安く会話することができたからだ。緩みそうになった心を必死で引き締めた。

「……良いことかどうかはわかりません。これから兄さまと会話することでどうなるか。兄さまが一体、私に何を求めてくるのか……」

「まあ、間違いなくろくなことじゃないだろうね」

「昔は……」

玉真はうつむきながら言った。

「昔はそれでも私は兄さまと仲の良いほうでした。でも今は……」

気が沈みがちにものを言う玉真に反して、張果は楽しそうに返してくる。

「逆にそれはいいことなんじゃないかな。今のことを話しても楽しくないなら、昔話に花を咲かせなよ。……君の目的はわかっているけれど、今の段階で先走っても……いや、いや、いや、うーん、どうかなぁ」

張果は腕を組んで玉真に視線をやった。

「この時期に君を呼ぶんだから、どうあってもその辺の話にはなるよねぇ。だったら変に情で攻めるのではなく、ああ、いや……」

張果は先程とはうって変わって表情を曇らせた。

「僕はふわふわっと生きているから謀《はかりごと》は嫌いなんだよねぇ、本人目の前にしたら僕に関する以外のことなら考えは手に取るようにわかるし。だからまあ……」

張果はいたずらな子どものように無邪気に声を立てて笑う。玉真は、張果がなぜそれほど楽しそうにしているのかわからなかった。

「詳しくは彼に会って話してみようか。……ねえ、僕が一緒にいて良かったでしょ？」

玉真はそんな張果を見て少しだけぞっとする。

神仙と人との感覚の違いを思い知らされたからだ。

——だけど私は神仙にならなければいけない。

ここで引いてはいけない。張果を観察して、その感性を盗み取らなければいけないのだ。

玉真が案内されたのは、以前、玉真と張果が侵入した部屋だった。李隆基が密会するときに好んで使う狭い部屋だ。

あのときとは違う、壁にかけられた沢山の赤い蠟燭《ろうそく》には小さな火が灯《とも》されている。それがあまりにも幻想的であり蠱惑的《こわくてき》でもあり、まるで現し世《うつ》とかけ離れた場所にいるかのような空間であった。

この部屋を選んだのは意図的なものだろうか。

玉真と張果が東宮に忍び込んだことを知っているのだと暗に示しているのだろうか。

既に駆け引きは始まっているのだろう。

玉真は先程の張果の様子を思い出す。

神仙でありたいなら、人の感覚は捨てなければいけない。

人ではないから、人が恐れるようなことは何もない。

心を凍りつかせて神仙に近しい存在だというふうに演じきる。それこそが姉を助ける唯一の道だからだ。

張果は座らず、立って壁にもたれたまま、向かい合って座る玉真と李隆基を眺めている。

皇太子への拝礼を済ませた玉真はゆっくりと顔を上げて李隆基の言葉を待った。

「まずは君に詫《わ》びたい、妹よ」

「詫びる……ですか？」

困惑の色を見せた玉真に李隆基は告げる。

「入道のときは君に酷《ひど》いことを言ってしまったね。あのときは僕も気が動転していたから。……ああ、殿下と呼ばなくていいよ。張果もいるけど、二人きりのようなものだから、ここでは本来の家族として接したいんだ」

そこで李隆基は張果をちらりと見つめた。李隆基には張果が見えているのだ。そこで玉真は張果が特別な術を行使していないことに気付いたが、同時に李隆基が敬意の見られない張果の行動を容認していることにも気付く。何も知らない者からしてみれば、まるで張果が李隆基と深い付き合いをしているようにも見えるのだ。李隆基が気安く張果を呼んでいることもそれらしさを演出している。

こんなことを繰り返していたら、たしかにまるで李隆基側に張果がついているように見える。

からくりがわかってしまえば何てことはないが、こんなことに騙《だま》されていた己を玉真は恥じる。事実に気付いたことを顔に出しても利益はない。そのまま玉真は笑顔を顔に貼り付けたまま言った。

「兄さま……そのようなこと……。兄さまのお気持ちはよく存じ上げております。……それよりも兄さま、私も兄さまに言っておきたいことがあります。以前、私は兄さまに内緒でここに忍び込みました。張果さまと一緒に」

その言葉を聞いて張果が大きく噴き出した。

「えっ、そ、それ、今、言ってしまうわけかな？　だ、いや、それは……！」

李隆基はそうやって狼狽《うろた》える張果を眺めながらくすりと笑った。

「張果も一緒だったのだろう。だったら忍び込んだうちに入らないから構わないよ」

「じゃあ、私も気にしません。一緒ね」

二人して顔を見合わせて笑う。

まるで子どものときのように戻った気持ちだ。だが実際はそんなことはない。互いに化かしあっているだけだ。

「兄さま……私はいつまでも思い出に浸っていたい。でも兄さまはもっと別の用事で私を呼んだのでしょう……？　とはいえ、でも……」

玉真はちらりと張果を見た。張果のように気まぐれに、まるで空に浮かぶ風のように、摑《つか》みどころのない性格を演じるのだ。

玉真は胸の前で手を組んで無邪気に微笑みかけた。

「どうせなら気持ちが楽しくなるような、面白いと感じるようなお話をしましょう！　昔話、大歓迎です」

だが李隆基の表情は暗いままだった。

「そうだね……。じゃあ、そうしようか。君も知っているだろう。僕は幼い頃、兄弟や従兄たちとともに宮廷から離されて幽閉されていた。今でも時々思い出すよ、あの閉鎖された場所の埃臭《ほこりくさ》く陰湿な人間の感情が詰まった空気を」

そこで李隆基はそっと立ち上がった。玉真も立ち上がろうとしたが、李隆基はそれを制した。そのまま玉真を見下ろしたまま言葉を続ける。

「でもね、僕はその幽閉された時間は不思議と嫌いではなかった。なぜなら孤独ではなかったから。兄弟と従兄たちと過ごす、その一時が何よりも温かく尊いものだったんだよ」

「それは……私も気持ちはわかります。私もずっと一緒にいる姉と過ごす日々がなにより
も大事だからこそ」

しかし玉真の言葉に返した李隆基の声は冷え冷えと暗いものだった。

「まあ、君と違って、僕がそのとき過ごした家族は、みなもうどこにも僕の傍《そば》に存在しな
いのだけれどね」

玉真は沈黙を保つ。李隆基は浅く吐き出した息とともに再び座り込んだ。

「僕は一人ぼっちなんだよ、君が思っているよりも、ずっとね。だからこそ僕は利害関係
ですべてを味方につけたい。思い出は美しいけど僕の味方にはならないから」

「そうですか？　でもその思い出があるからこそ今、こうして私と一緒にいる」

「そう？　じゃあ僕の味方になってくれる？」

李隆基は感情の乗っていない声でにっこりと笑った。

「太平公主は謀叛《むほん》を起こすよ」

その言葉に玉真は目を丸くしてしまった。李隆基は小さく肩を揺らして笑った。

「あれ、知らなかったの。張果は知っていただろうに」

しかし張果も目を大きく見開いている。

李隆基は目を瞬《しばた》かせながら呆《あき》れた様子を見せる。

「えっ、張果も知らなかったの？」

「いや知らなかったよ。教えてくれてありがとう。僕は興味のあることは深く調べるけ

ど、太平公主のことはそうじゃないんだ。今は隆基、君のことが一番気になっているんだよ。……それで、そろそろ口を開いていいかな？　なんかもっと素直になればいいと思うんだけど、おふた方。だって仲良くしたいのは一緒なんだよね？　……持盈《じえい》も、もっと他に隆基にお願いしたいことがあるんなら、はっきり口にしたほうがいいよ」

張果はぱちぱちと手を叩《たた》きながら玉真と李隆基の間に割って入りながら座り込む。

「というか、複雑でややこしい人間関係って僕は苦手なんだよね。気持ちはわかるんだけどさ。なんかもうもっと単純でいいんじゃない？　隆基は持盈を味方につけたい、そして持盈は……」

「そうですね、張果さま。仰る通りかと」

玉真は張果を一瞥《いちべつ》したあと、張果の身体を避けるように身体を捻《ひね》って李隆基を見つめながら問いかける。

「……兄さま、本当は太平公主――おばさまと争いたくないのでは？」

顔をしかめた李隆基に玉真は言葉を続けた。

「私は兄さまとおばさまの争いを止めたいです」

そして頭《こうべ》を垂れながらも言う。

「だから約束してくださいますか。もし謀叛の意思を止めることができたのなら、これ以上、太平公主との諍《いさか》いはおやめください」

「それは君にとって何の利益になるのかな？」

冷酷な響きをもって応じる李隆基に玉真が快活に答える。

「私の目的はただ一つです。家族を守りたい。……ただそれだけです。兄さまもおばさまも私の家族です。諍いがあるから禍《か》が起こるのです。それを止めれば妖星もなくなるでしょう」

李隆基と玉真に挟まれた張果がおろおろしながら二人の顔を交互に見ている。

李隆基がそんな張果を呆れた顔で眺めながら言う。

「それは結局、君は僕に陛下から譲位されるのを望んでいるように聞こえるのだけれど」

「はい!」

「……はい、はい?」

呆気《あっけ》にとられた李隆基を、身体を捻ったまま見つめながら玉真は胸の前で手を叩いて答えた。

ここで家族の情を表に出す。

玉真の本音だ。だからこそ押し切れるはずだ。

「だって父さま、痩せ細って身体ががりがりなんです。皇帝になってから痩せる一方、これ以上は身体に障ります。いや、もうお心には障っている用に見えます。なら、健康的な兄さまのほうがいいでしょう」

胸の前に手を置き、李隆基にはっきりと告げる。

「私からも改めて父さまに提言します。神仙の力が兄さまへの譲位を望んでいると」

「いいの？　太平公主を裏切ることになるよ」

その問いに玉真は首を横に振った。

「兄さまは勘違いしておられます。元々私は太平公主に付き従っているわけではありません。ここ最近は会ってもいませんし」

微笑みながらも声を強めて畳み掛けるように望みを告げる。

「ただ謀叛を止めただけでは兄さま、太平公主と再び争ってしまうでしょう。だから私が何とかしますので、しばらく見守ってください。安心して即位してください」

だが李隆基は苦々しい顔をしたまま、こう言ったのだった。

「なるほど、そこまで言い切ったか。これは予想外だな。太平公主のことはもっとうまくごまかすと思っていた」

急に声に感情を込めた李隆基を不思議そうに玉真は眺める。どこか荒々しさを感じさせる口調は今まで聞いたことがなかった。

まるで先程までの李隆基とは別人のようだ。

そこで玉真は張果の言葉を思い出した。

——彼には裏がある。見たままを信じてはいけないよ。

今までの李隆基は穏やかな男の演技をしていたというのか。

「本殿に来い。僕……俺は兄ではなく皇太子として君と……張果に認められし女道士であるお前と話そう。玉真公主」

「にい……殿下」

気さくに話すことすら許されない冷ややかな空気が纏《まと》わりついていた。だが同時に玉真は、この気配に覚えがあった。太平公主の道観《どうかん》で会ったとき、最初に李隆基に感じた印象がそれであった。

――つまり私が最初に感じたものが。

玉真は無意識に震えそうになる身体を抑えるために奥歯を噛《か》み締めたのだった。


「おや、ここに陛下以外の血縁者を呼ぶとは珍しいですな、殿下」

「高力士《こうりきし》」

東宮の本殿の座に座った李隆基を出迎えたのは一人の体格の良い男だった。美丈夫だが、どこか中性的な雰囲気を纏わせている。それも当たり前で彼は宦官《かんがん》であり、昔から李隆基に仕えており、その忠誠心を買われて、李隆基が皇太子になってから直々に彼を東宮内房《ないぼう》として取り立てたのだった。その存在感は薄いが、李隆基が重要な場にいるときは、必ずすぐ傍で気配を薄くしながらも侍っている。

今までに玉真も彼の姿を視界に捉えてはいたものの、そのあまりの存在感の薄さに気にもとめていなかった。

――彼が兄さまの提言役なのね。

それでいて李隆基の行動を裏から仕立て上げて導いていたのも彼だ。

李隆基は面倒くさそうに息を吐き出すと玉真を指差した。

「……こいつは張果を引き連れた女道士の玉真公主だ」

「妹君ではなく……なるほど、かしこまりました」

高力士はとくに詳しく確認することもなく、あっさりとうなずくと玉真へと拝礼の挨拶を行った。

「こうして顔を合わせてご挨拶するのは初めてですな。儂《わし》は高力士と申します。さて上清《じょうせい》派《は》の象徴の女道士として、この場になぜいらっしゃったのか……」

李隆基は高力士の話を口笛で遮った。すると飾りのように傍に置いてあった鳥かごから青い鸚鵡《おうむ》が飛び立ってきて李隆基の肩に乗ってきた。それを眺めて鸚鵡の嘴《くちばし》を指で触りながら高力士に声をかけた。

「こいつは俺と太平公主を仲良くさせたいようだ。説明してやれ」

「……なるほど」

高力士は玉真と張果に向き直ると無表情に告げた。

「さてもちろん我々の目的が太平公主一派の排除というのは理解しておりますか？」

大きくうなずくと高力士はゆっくりと手のひらを掲げた。すると李隆基の肩の上にいた鸚鵡が飛び立ち、高力士の手首にゆっくりと羽ばたきながら降り立った。それはまるで、政《まつりごと》を弄ぶ大きな権力が李隆基から高力士に移ったかのような雰囲気だった。

決してそんなわけではない。単に鸚鵡は気まぐれに羽を休める場所を変えただけだ。それでもそう思わせてしまう、有無を言わせない圧迫感が今の高力士にはあった。

高力士は鸚鵡の翼を撫《な》であげながら言った。

「だからこそ太平公主一派の謀叛は必定なのです。我々にとっては起こしてもらわなければ困るのです」

「一派を一斉に排除するためですね」

そう玉真が言うと高力士は白い歯を見せながら笑った。

「その通りです。そうでなければ憎悪の鎖は永遠に絡みつくことでしょう。どこかで必ず断ち切るには巨大な熱量を生じさせなければいけない。ゆえに謀叛は誘発させねばならない。それを止められたら困るのです。あなたのお気持ちはわかりますが、我々にとって殿下を相応の環境で皇帝になっていただく、それこそが至上であり、そこに太平公主は不要なのです」

「なら、それを含めて、太平公主を説得しましょう」

即座に答えた玉真に一瞬だけ高力士は呆《ほう》けた顔をした。すぐに表情を取り戻すと、困ったように言う。

「公主さまはご自分がどれだけ無茶なことを言っているか、おわかりで？」

「ええ、私はそれでも、それがわかっていたとしても、殿下と太平公主の争いを止めたいのです」

「なぜ、そこまで?」

「姉さまの身を安全にするためです」

そして玉真は高力士に近づくと、手首に止まっている鸚鵡の翼を優しく撫でた。すると鸚鵡は次に玉真の腕へと渡ろうとする。それを柔らかく傷つけないように振り払い、玉真は鸚鵡を空に飛ばした。

居場所のなくなった鸚鵡は、やがて李隆基の肩へと戻っていった。それを確認した李隆基はため息まじりに告げた。

「……わかった、好きにしろ。そのための行動なら俺は容認しよう。……ただ太平公主を舐《な》めないほうがいい。どちらにせよ今日のことは知られたと思って行動したほうがいいと思うがな。そして俺はそのことについては、お前を助けるつもりはない」

「構いません。私には神仙の力がありますから」

玉真は声を弾ませながらも、強く力を込めてそう言い切ったのだった。


東宮から帰る道すがら、馬車の中で張果がひとりがたがたと身を震わせていた。

「ずいぶんと派手に啖呵《たんか》を切ったね。ぼ、僕は君の傍にいるだけだ。君に奇跡は与えられないし、その他のことだとしてもそんなすごいものも与えられないよ」

そんな張果を意外だと感じながら玉真は首を傾《かし》げながら言う。

「わかっています。張果さま、奇跡は与えられるものじゃありません、作り出すものです」

そこで、ふうと胸の前に両手を置き、しみじみとした口調で語った。

「……張果さまのおかげです。私にとっては空気を読むよりは破ったほうがいい。最初はふわふわした空気を真似しようとしても駄目だったんですけど。私が張果さまを見て、もう一つ気付いたのは、素直になるということです。だから途中から私は感情のまま口にすることにしました。その結果、少なくとも兄さまと、ある程度は……心を通わせることができたかと思います」

そこで玉真は小さく笑った。

「それに周囲の者を巻き込んで兄さまと話もできました。張果さまのおかげです。ありがとうございます」

「は、はあ、それはどうも。たしかに僕はいつも自分に素直だけど……」

張果は言葉を止めて玉真の顔を覗《のぞ》き込みながら、そろそろと声を発する。

「なら、僕にも素直になってくれる？」

「えっ」

張果はさめざめと悲しむ素振りを見せながら玉真から目を背けた。

「最近、避けてなかった？　どうして急に僕と距離を取るようなことを？」

「そんなことは……ただ姉さまを何よりも優先して護らなければいけないので……」

「それはわかるよ。でも、僕もいつまでも金仙公主を見ていられない。いつかは必ず隙が生まれる。その隙を太平公主は狙うだろう。それもまたわかっているのだろう?」

「それは……でも、だからこそ姉さまのために……」

「本当にそう?」

そう言いながら張果はどこか責めるような視線を向けてきた。

——素直に。

そう言われても玉真にも、自分の気持ちがわからないのだ。

「何よりも姉さまを護らなければいけないのはたしかです」

たしかめるように玉真は呟《つぶや》くように言った。そして、ゆっくり顔を上げて張果に笑いかける。

「でも今日はもう少し一緒にお話したいかもしれません。本当に久しぶりなので」

せめて馬車の中だけでも。

◆

李隆基から聞いた情報は二つ、即位前か、即位後しばらくしてから謀叛を図るだろうと。

どちらにせよ睿宗が表立って太平公主の味方をしている以上は、はっきり動かないだろうと。

即位前にことを起こすとしたら妖星の消える頃に、起こす可能性が高いだろうと。

玉真は空を眺めた。ずっと焼け付くように妖星が薄れようとしている。

玉真は李隆基の言葉を思い返していた。

既に李隆基と話したことは太平公主一派にばれているという。それなのに数日経過して今に至るまで目立った動きはなかったのだ。

太平公主がこのまま何もしないままでいるわけがない。そしていつまでも張果に頼っていても限界はくる。それがいつの日かわからずとも、玉真は行動する機会を待つばかりだ。

いずれにせよ今日も金仙の様子を見に行くだけだ。

――でも、そろそろ天候を読みながら覚悟を決めて動く必要があるのかも。

頭の中で計画はできている。だがそれを実行に移すだけの勇気がまだ持てなかっただけなのだ。

だが惑っているうちに太平公主に先手を打たれてしまったのだ。

金仙の道観に行ったときに、そこには誰もいなかった。道士に金仙の行方を聞いても誰も行方を知らなかった。しかし道観の門の前にいた女道士から一通の文を渡されたのだ。そこには太平公主の道観にて、金仙と共に玉真を待つと書いてあったのだ。

道観の外に出た玉真に大きな影が覆いかぶさる。見上げると、そこには白い驢馬に乗った張果が空に浮かんでいた。彼は玉真を見下ろしながら話しかけてくる。

「とうとう動いたね」

こくりとうなずくと張果は大きなあくびをしながら言った。

「前も言ったよね。僕のできることにも限りがあるんだ。奇跡でも何でも起こせるわけでもない」

玉真は重々しく頭を上下に振った。張果はどこか感情の見えない眼差《まなざ》しで、ゆるゆると問いかけてくる。

「金仙公主を護りきれなかった僕を恨んでいる?」

「いいえ。覚悟の上です。このときが来ることはわかっていました」

明朗に答えた玉真に張果が薄い笑みで返した。

「そうだね。僕も何度も警告したから」

すぐに酷薄な表情に変わると張果は後頭部をかきながら言う。

「……事情があってね。というか神仙側の事情でここから先は僕も君の明確な覚悟がわかるまでは動けない。……君が一人で頑張るんだ。僕が神仙として与える試練だと思ってもらって構わないよ。申し訳ないね」

「いいえ、大丈夫です」

すんなりと返事した玉真に張果は再び笑みを返してきた。

「できれば死んでほしくないけれど死んでも仕方ない。わかってくれると嬉しい。君がしかるべき覚悟を決められたら、そのときは……」

続きは言わなかった。玉真は強く唇を結びながら沈黙していると、張果が優しく微笑みかけて、そのまま地上へと降りてくれる。玉真と目線を合わせようとしながら、ゆっくりとした口調で言った。

「試練に立ち向かうというなら、格好から入ってみないかい？　今の君の髪はかなりみっともないからね。それだけで気持ちが清々《すがすが》しくなるだろう」

いつもの張果の、気の抜けたような双眸《そうぼう》が玉真の心を勇気づけた。


玉真は自分の道観に戻り、部屋にある鏡台に向き直る。化粧机に置いてある赤粉を指につけて額に塗り込み、小さな花飾りの彩りをつける。そして、その赤を目元にも薄く塗り込んでいく。ぎゅっと強く目を瞑《つむ》り、もう一度開けば、ぱっと花びらが散らばるように目元に塗られた赤い粉が頰に散った。さらに黄色の粉を目元と額と頰に散りばめて、いっそう華やかに見えるように仕立てていく。

この化粧は――道士にあるまじき華やかさは、玉真が纏《まと》う鎧《よろい》のようなものだ。相手に少しでも神仙らしい威圧感を与えることのできるように、顔立ちの彫りの深さを引き立てるように化粧を進めていく。

――私は姉さまを護るのよ。ただそれだけです。だから会いに行きましょう。今の私にとって、最も倒さなければいけない敵のもとへ。

――私は神仙に選ばれし女道士になるの。誰も私に逆らえないほどに、輝かしい光になる。私は人を捨ててみせます。

鏡の前でしたその覚悟こそ、玉真のこの先を決めるものだ。

傍にいた張果に向けたものではない。

玉真はその誓いを強く胸にしまったのだった。


太平公主の道観に向かった玉真を迎えたのは、武器を持った女官たちと、その後ろに控えた太平公主だった。

道観にある瞑想《めいそう》の間で、玉真は太平公主を睨《にら》みつける。

「……姉を人質にしたつもりですか？」

無意味だと理解しつつも、玉真は女官たちの背後にいる太平公主に荒々しく告げた。

「これは一体何の真似ですか」

「気が動転しているようですし、玉真公主。今は身体を休めたら如何ですか？　しばらくは私の道観で……。安心してください。あなたが目覚めたときにはすべてが終わっていますから」

「謀叛を考えているのですか」

「私は天命に従うだけよ。妖星はそれを示しているわ」

「あなたという方は。私の動きを封じたいがために」

「ええ、そうね。今、李隆基に即位されるわけにはいかないの」

その言葉に玉真は奥歯を噛み締めた。

玉真は懐に忍ばせていた棍棒《こんぼう》を取り出し引き伸ばす。太平公主へと向ける。

「あらあら、いいの？　私にそのような物を向けて良いの？」

太平公主の言葉に玉真は奥歯を嚙み締めた。そうだ。下手に動けば、太平公主の策に絡めとられて身動きが取れなくなってしまう。ここは、彼女に手を出すべきではない。するべきことは、姉の安全をたしかめることだ。

玉真は棍棒を指先で弾《はじ》いて一回転させると、そのまま女官たちへ駆け寄った。腰を僅かに低くして、強く、足を踏み込む。女官たちは手に持った六尺棒を玉真へと振り下ろしてきた。間一髪でそれをかわすと、玉真は棍棒を女の腹へ叩きつける。

ひとりだけではない、二、三人、一気に片付けるために、そのまま力任せに女官の身体を投げ飛ばすようにして、棍棒を振り回す。

女官の腹が抉《えぐ》る。だが、攻撃を与えられることができたのは二人目までだ。三人目へ攻撃を打ちつけようとしたその時、背後から振り上げられた六尺棒に気付いて、玉真は慌てて棍棒を引っこ抜いた。

後ろにいた女官を蹴り飛ばして、後ろのほうへ跳躍する。女官たちと距離をとった。

力任せに突撃するのでは駄目だ。数が多すぎる。わかっていたことではあったが、やはり通用しなかったと気が沈む。絶望にも似た虚無感が心をじわりと侵食する。

ゆっくりと女官たちはその距離を狭めていく。遠く離れた場所には、太平公主が余裕の笑みを浮かべてこちらを見ている。自分には手が出せないと踏んでの笑みだろう。癪《しゃく》に障ったが、気にかけている暇はない。

第一陣がくる。

三、四人の女官たちが六尺棒を片手に玉真目掛けて襲いかかってくる。玉真は棍棒を一回転させた。すると棍棒の長さが変化する。急に伸びた棍棒に気を取られて、女官たちの足並みが鈍くなる。

隙ができる。

玉真は棍棒を斜め下に思い切り叩きつけた。長さが伸びた棍棒は女官たち四人の足を絡めて、頭から床に転倒させた。

玉真は軽く手首を動かした。風を切る音がして、棍棒の長さが元に戻る。

伸縮自在の棍棒は、張果が作り上げたものだと聞いている。護身用として彼らから持たされたのだ。

自然と口元が緩む。

数が多いだけだ。大した腕の持ち主はいない。

安堵《あんど》する。そして緩やかに棍棒を前に突き出して、構えの姿勢をとる。これ以上、無駄な時間を費やすわけにはいかないからだ。

玉真はぐっと足を踏ん張ると、その勢いのまま跳躍した。高く跳んだ玉真に驚いた女官たちが、動きを完全に止めている。驚いた表情を凍りつかせていた。

玉真は群れる女官たちの中心地に狙いを定め、棍棒を思い切り床に叩きつけた。

轟音《ごうおん》がして、地を震わせた。

床の木材が粉々に砕け散り、木片が強い勢いを持ったまま、辺りに散乱する。玉真は片手で棍棒を掲げ、振り回した。木材が棍棒に当たり、玉真を中心として凄《すさ》まじい速度で飛び散った。その木材に衝突した女官たちは次々と床に倒れ伏していく。

ばらばらと木材が床に落ちていく。破壊された床の上に、玉真は降り立つと、再度棍棒を構えた。後半分、一気に片を付ける。

前足を、踏み締めた。

腕に力を込めて、集団で襲撃する女官目掛けて棍棒を投げつけた。動きが乱れて、統率が悪くなった女官たちの中に攻め入り、動きの鈍い女官たちに狙いをつけて、素早く手拳を繰り出す。

腹、首、頭。

相手の急所を的確に狙う。

「申し訳ありませんね」

にこりと笑う。

「実は私、素手のほうが得意なんです」

でまかせだ。

告げて、宙を舞い、周囲の女官たちへ蹴りを放つ。

――張果さまから急ごしらえの自衛手段を教わって正解だったわ。盗賊退治という実践修行だったけれども。一応こうしてぎりぎりでまかせが通じるくらいには。

教わったというより武器をもらって、無理やり実践に投入されてしまっただけだ。それでも、それが今こうして活《い》きてきている。

蹴りを喰《く》らって沈みかける女官の身体を足場にして踏み込み、棍棒が投げられて倒れている場所まで跳躍した。床に降り立つと同時に前転して、素早く棍棒を手に取る。

隙を見せず、呆然《ぼうぜん》としている女官たちに駆け寄ると棍棒を繰り出した。次々と相手の頭や鳩尾《みぞおち》に打ち付けていく。転倒する女官を視界の端で捉えながら、玉真は殴りかかろうとした女官の六尺棒を強く蹴り上げた。六尺棒が女官の手から離れ、緩やかに空中を舞った。驚愕《きょうがく》する女官の顔に玉真は二撃、蹴りを繰り出す。

なおも襲いかかろうとする周囲の女官たち。玉真は腕に力を込めて棍棒を振り回し、相手の勢いを削《そ》いだ。速度が緩んだところを、鋭い棍棒の一撃が、女官たちに叩き込まれる。

そしてようやく最後のひとりを叩き伏せた。それでも立ち上がろうとする女官の頭に一撃を喰らわせて、完全に動けなくさせる。

太平公主を見るまでもない。

このまま姉の無事をたしかめようとその奥に向かおうとした。

「あらあら、いいの？」

足を止めた。なぜ太平公主はこれほどまでに嬉しそうに声を弾ませているのだろうか。

疑問があった。

「だって、まだひとりも倒していないのに」

殺気を感じ、玉真は後方に退く。振り返って愕然《がくぜん》とした。

先刻、打ちのめしたはずの女官たちがひとり残らず立ち上がって六尺棒を構えている。

肉体的損傷も見受けられない。何が起こったのだろうか。

「道術ですよ。といっても私の術ではありませんが」

太平公主が笑いながら告げる。その言葉にはっとして、玉真は女官たちの背後に控える男の道士の姿に気付いた。男は鋭い眼差しで印を結んでいる。

国を動かす者たちの背後には神仙が絡んでいる。太平公主の後ろにも何かしらの神仙が関わっていると考えていいのだろう。

これは神仙たちの関わった代理闘争のようなものだ。

だから張果は表立って手を出せないのだ。

玉真は棍棒を振り回して、男を打ち倒そうとするが女官たちに阻まれる。距離が遠すぎるのだ。

棍棒も自衛のために独自で学んだだけのものだ。道術で操られた者相手に通じるものではない。

このような道術など見たことがない。まるで、人間が人間でないような強靭《きようじん》な打たれ強さを持つ肉体を持ち続ける道術など。多少身体を鍛えた程度の道士なら見たことがあるが、これほどまでに人間離れしていなかった。

——手ごたえはあったはずなのに。

玉真は悔しさで歯軋《はぎし》りする。

「一体、これは」

呻《うめ》き声を上げる玉真へ、太平公主が優しく答える。

「不思議？　倒しても倒してもきりがない。当然でしょう？　彼女たちは人間ではないもの。奇跡の娘とあろうものが、この程度も見破れないなんて」

人間ではない、と呟いた玉真へ、太平公主は哀《あわ》れみの目を向ける。

「彼女たちは道符で作られた人形――人間の影のようなもの。どれだけ倒してもすぐに蘇《よみがえ》るし、その気になればすべてを消滅させることができる。そう、操っている道士を倒さない限りは」

「ならば、その元凶を滅すのみです！」

「あら、いいの？」

太平公主の歪《ゆが》んだ口元と淀《よど》んだ瞳に、玉真の視線が吸い寄せられる。

「どういう意味ですか」

「そもそもどうして助けるの？　彼女がいないほうがいいでしょう？」

「……そんなことは！　一体、いきなり何を！」

思ってもみないことを急に言われて、頭に血が昇りかけたそのとき、冷たい太平公主の言葉が降りかかる。

「だって、あなた、心のどこかで姉のことを重荷に感じていたのではなくて？」

時間が止まったように思えた。身動きが取れなくなる。

太平公主は何を言おうとしているのだろうか。

「そんなことは、ありません」

「ふうん？　ほんとに？　でも心のどこかで気付いていたのではなくて？　あなたと違って姉の金仙公主には何の価値もない、死んだって誰も気にしないわ。それどころか、あなたの負担がなくなって、あなたはもっと生きやすくなるのよ？」

彼女の唇の動きが緩慢に思えてくる。やめてほしい。それ以上は口に出さないでほしい。

玉真は心中で懇願した。

「あなたが神性を見せれば見せるほど、あなたの姉には価値がなくなっていく、そのことに気付かないほど馬鹿ではないでしょうに」

どうして太平公主がそんなことを言っているのだろう。疑問に覚えながらも、激しい頭痛が玉真を襲っていた。

太平公主は楽しそうに笑いながら言葉を続ける。

「張果があなたを見初《みそ》めたそのときから、あなたの姉に生きる価値がなくなることは決められていたのよ。張果は神仙でしょう？　だからこそ、なのよ。昔から伝わる、このような話があるわ。名前はぼかしてあるけれど、おそらく上清派の魏華存《ぎかそん》のことを綴《つづ》ったものよ。……魏華存はなぜ、わざわざ上清派の始祖となって、不老不死を極めたと思う？　実はひとりの神仙と恋に落ちたからといわれているのよ。魏華存は恋い慕った相手のために、永遠に添い遂げることを決意したの。魏華存が想《おも》いを寄せた相手の名前は張果。しかし魏華存は結局、不老不死になったがゆえに肉体を捨てて仙界へと渡ってしまった。張果の不老不死はまだ完成されておらず肉体を捨てられない、ゆえに張果は既にいない女の面影を求めて、少しでも似ている顔立ちの美しい女に寄り添おうとする……だから私は張果と名乗る神仙が毎日のように玉真公主の傍にいようとするのは、それほど不思議なことではないと思うの。……つまり、あなたはその魏華存の代わりにされているに過ぎないのよ。あなた自身を見てもらえているわけでもないの」

「そんなはずは……」

彼は玉真との思い出にこだわっていた。魏華存の話は関係ないはずだ。

「張果に特別扱いされて気分が良かった？　それで姉を救えると思ったの？　でも本当に姉を救いたいと思っている？」

太平公主の言葉通りだ。

本当に幼い思い出だけで神仙ともあろう者が玉真を特別扱いするのだろうか。

残酷な事実を聞くたびに、酷い耳鳴りがしてくる。

「何もかもあなたに関係ないことで翻弄されて可哀想ね。あなたが動けば動くほど、姉を無様な死に近づけるばかりで」

やめてほしい。そのようなことを口にするのは。

「どれだけ努力しようが、あなたが金仙公主を助けることなどできないの。無駄なものは無駄なのです。運命に身を委ねなさい」

ぎりぎり、と鋭い痛みが頭から身体に広がっていく。これ以上、彼女の言葉を聞きたくない。心の奥底から、玉真は思った。

彼女は的確に真実を告げているのだ。

逃れようもない現実を伝えてくる。

それがわかっているからこそ、蛇蝎《だかつ》のように太平公主の言葉は絡みついていく。

「だから何も違わないでしょう？　金仙公主がいなくなれば、あなたは楽に生きていけるのだから、早く姉に死んでほしいのでしょうに」

「私はそのようなことなんて、ひとつも！」

「嘘《うそ》をついてはいけないわ」

太平公主は同情を含んだ声音で、軽く首を横に振った。

「金仙公主なんて死ねばいい、少しは考えてしまったのではなくて？」

「違う！」

玉真は耳を塞いで、その場にしゃがみこんだ。膝が無様に激しく震えた。棍棒が軽い音を立てて、足元に転げ落ちる。震えは体中に広がった。ぞくりと不快な寒さが内側から侵食していく。立つことすらままならなくなる。

「どうしてそんなに動揺しているの？　それとも、しょせん、あなたの金仙公主への想いなんて、その程度のものなの？」

「いや、もうやめて」

歯をうまく噛み締めることができずに、歯が鳴った。止められない。玉真は膝をついて、自分の身体をぎゅっと抱き締めた。

そうだ。太平公主の言う通りだ。

彼女の言うことが違うのであれば、なぜ玉真はこれほどまでに動揺しているのだろう。心がばらばらになって、かき乱されて、千切れて、元に戻らないような感覚を味わっているのだろう。

姉を守りたいのは本心だ。そこに嘘偽りはない。彼女の優しさに胸を打たれて、涙ぐみそうになったのは一度や二度ではない。彼女の存在は、玉真にとって欠かせない存在なのだ。今まで一緒に頑張ってきたのだ。

だから、いなくなってしまえばいい、なんて一度も。

――本当に。心の声が聞こえた。本当に、一度も思ったことなんて？

それならば、どうしてこれほどまでに動揺するのだろうか。

――お願い、止まって。

身体の震えがおさまらない。それどころか徐々に激しくなっていく。

――お願い、いや。

姉のことを大切に想っているのだとしたならば、どうして。

――何で、止まらないの。

激しく痙攣《けいれん》するかのように、身体の震えが止まらない。

寒い。遠のきそうになる意識で必死に考える。

――姉は大切な人だ。助けてあげなければいけない。けれど、いつまで？　いつまで私はがむしゃらに突き進めばいい？　終わりはあるの？　それならいっそ……。

自覚した瞬間、震えが止まる。

――だって何をしてもどうにもならない。姉の身は危険に晒《さら》され続ける。いっそ死んでくれたほうが私は解放されて楽になれるのではないの？

実際、玉真は己の弱さを感じ取っていた。姉の心配より自分の弱さを嘆いていた。

――だって私はこんなにも弱い。どうにもできない。

近づいてくる女官を目にしても、玉真は何もできなかった。

振り下ろされる六尺棒を無言で見上げていた。

◆

怖くはないわ。

声が聞こえた。

幼い顔をした姉が微笑みを向けてくる。好意しか映さないその瞳で一心に見つめてくる。

私は、あなたがいるから怖くはないわ。

昔、たくさんの血縁者が死んでいった。無惨に殺されていった。次は自分の番かもしれないと幼心に怯《おび》えていたけれど。

ほら、見てね。

幼い姉は立春を祝う髪飾りを作ったようだ。不恰好《ぶかっこう》な形のものを差し出してくる。

私は早い春の寒さをがまんする梅も、春をよろこぶように大きく咲く牡丹《ぼたん》も好き。でもいちばん好きなのは。

花咲くような笑顔で。

小さな身体で一生懸命飛んで春を告げる燕《つばめ》が好きよ。どれだけ寒さが残っていても、誰にも気に留められなくても。

きっといつか暖かい春が来るって信じて、高く飛ぶのよ。

姉は告げる、優しい声で。

だから怖がらないで、私の大好きな妹。

きっといつか春は来るわ。

姉の柔らかな言葉が、耳に残響している。

眼が覚めたとき、頭に鈍い痛みがあった。夢を見ていたようだ。瞼《まぶた》に触れれば涙が乾いた痕がある。泣いてしまっていたようだ。

ここはどこだろうと玉真は眼を凝らした。闇に目が慣れてくると、どの程度の狭さなのかわかるようになってくる。岩で敷き詰められた空間に、玉真は閉じ込められていた。太平公主は道観にこのような部屋を作っていたのだろうか。まるで罪人を閉じ込めるような圧迫感のある部屋に、吐き気がしてくる。

戸がある。少し叩いてみたり、引いてみたりするがぴくりとも動かない。

完全に閉じ込められてしまっている。

なす術《すべ》もなく、玉真は脱力して床に座り込んだ。

顔を膝の内側に入れて、うずくまる。

姉が死んでもいい、だなんて一瞬でも過《よ》ぎってしまった。

今まで玉真は考えたことなどなかったけれど、自分自身が気がついていなかっただけで、実は無意識にそのように思っていたのかもしれない。

悔しさと自己嫌悪に陥る。自分のふがいなさに苛立《いらだ》ちすら生じた。

だから、あんなに動揺してしまったのだ。太平公主の言葉を聞いて、心が揺らいでしまった。その事実を思い返せば苦しくて堪《たま》らなくなる。あのときたしかに玉真は金仙をいつまで護り続けなければいけないのか不安に思ってしまった。

ふと、視界の隅に小さな物体が目に入った。

玉真は暗い中、必死になって手探りで、それを手に取る。

眼前まで、ゆっくりと近づけた。

燕の髪飾りだった。

玉真は慌てて髪に手をやる。鳳冠《ほうかん》も取れてしまっているようで長い髪は振りほどけてしまっていた。

それでも燕の髪飾りだけは傍にいてくれたのだ。鳳冠は取れてしまっていても、玉真の傍にそっと付き従ってくれたのだ。

両目から涙が零《こぼ》れ落ちる。止めることはできない。次から次へと溢《あふ》れては頬を濡《ぬ》らしていく。視界が滲《にじ》んで見えなくなる。燕の髪飾りも薄れていく。

揺らいでしまった。

金仙への想いが一時でも。

それでも燕の髪飾りは、玉真の金仙への想いは、ずっと傍にいてくれたのだ。

きっといつかは。

夢で見た姉の声が聞こえてくる。

——春が来るわ。

玉真は涙を流したまま笑顔でうなずいた。手のひらで感じる髪飾りの感触に心を浸す。

そうだ、彼女の言う通りだ。きっといつかは春が来る。燕は、それを信じて高く舞い飛び、春が来れば喜びの歌を高らかに歌い上げるのだ。

心だって春のように、暖かく、柔らかな想いで満たされるときが来るはずだ。

どれだけ苦しくとも、つらくとも。信じていれば、いつかは。

玉真は手の甲で涙を拭った。姉への想いを再確認したのであれば、これ以上、ここにいる必要はない。このような場所で長居している暇はない。

玉真は床に転がっている棍棒を拾い上げた。どれだけ血が流れようとも、ぼろぼろになろうとも、この場所から出てみせる。

――私を舐めて武器を取り上げなかったのが運の尽きだ。

玉真は棍棒を握った手に強く力を込めた。

◆

手のひらが血で濡れている。肩や腰、足の骨がや節々が酷く痛む。身体を酷使して、なんとか戸の外に出たものの、玉真の身体は無理をしたせいでぼろぼろだ。乾いた風が玉真の頬を撫でて髪をかき乱していく。これで終わりではない。力の限り、太平公主の道観の中を駆け抜けていく。大勢の人とぶつかってしまうが、申し訳ないと心の中で謝りつつも、今は仕方のない状況なのだ。

あれからどれだけ時が過ぎたのだろうか。

空と雲の動きを見るに、それほどまでに時間は経《た》っていない。

もし太平公主が動くとしたら、自身の道観からだろう。大勢の人間が騒いでいるのが気になるまだ明確にはなっていないように見える。もしそれが明るみに出ているならば兵士の数が増えているはずだ。

だが、どうしてか気にかかる。

周囲の人間が太平公主の道観から慌てて出ていこうとしているのだろうか。

それは道観の庭に出たことではっきりとした。

肌を焼きつくすような熱気が吹き荒れていた。

もう始まっているのだ。謀叛のときが。

これは太平公主が自ら火をつけたのだろう。派手に物事を起こしたほうが逆に目立ち、誘導にもなると考えたのかもしれない。だが火の広がりを見るに、まだ火はつけられてから、それほど時間は経っていない。

いいや、まだ間に合う。決定的なことがなければ。

——姉さまを助ける。そして謀叛を止めるのよ。

小さな吐息を漏らすと、つんのめるようにして身体を動かした。玉真は炎が揺らめくほうへ向かって走り出す。

眩暈《めまい》がした。激痛が体中に走るが気にしていられなかった。足を動かせば足を動かすほど、視界の色が薄れていく。頭のどこかで、もう金仙は無事ではないのではないか、といった嫌な予感を感じていた。生気が感じられない世界を見れば、不快感だけが増していく。

無言で先を急ぐ。

太平公主の居室とその周辺が勢いよく燃えていた。

玉真は呻き声をあげた。歯を食いしばり、必死の形相で眼前の状況を凝視した。

燃える場所の前に立ち並ぶ太平公主と宮女たち、そして道士たちだ。まだ明確に行動はしていない。やはり玉真の推測通り、おそらく道観を燃やして騒ぎを起こし、注目を引きつけようとしているだけなのだろう。

太平公主はやってきた玉真に気付くと、燃える建物の中を指差した。

――そこに姉さまがいると言いたいのか。

暗雲に押し込められるように淀《よど》んでいた空気をかき混ぜながら、猛《たけ》る炎が踊っていた。木材を燃料にして、勢いよく、ぱちぱちと爆《は》ぜている。

勢いはとどまることは知らず。暁《あかつき》色と灰色の綯《な》い交ぜになった背景に、赤い炎が鮮明に映し出されている。

あまりの艶《あで》やかさに玉真は悟る。もはや手遅れだと。

火の回りが速すぎる。細工でもされていない限り、ありえないほどの勢いと熱量だ。

黒い瞳で火災現場を一瞥した。すぐさま目を閉ざし、考え込む。

いや、考え込んでいる時間も惜しい。

玉真が緩やかに首を動かす。助けに行くしかない、炎の中を突き抜けても。

足元に何かが落ちた。玉真は慌てて拾う。

色絹で作られた燕の髪飾りだった。

髪飾りを私と思って。いつでもこれで一緒よ。

柔らかな金仙の声が耳に届く。玉真は大きく目を見開いた。

「そうよね、私と姉さまはいつでも一緒なの」

玉真は再び燕の髪飾りを頭髪に挿し込んだ。立ち昇る炎へと一心不乱に駆けていく。制止しようとする守衛の声を無視しながら。

——太平公主に立ち向かうのは、まずは姉さまを助けてからよ。

炎が巻き上がる建物の中に入った瞬間、熱いとも感じられなかった。

——痛い。

すぐさま、からからにひび割れた唇を噛み締める。唾液すらも出てこず、走りながらも、身体を折り曲げて咳《せ》き込んだ。

「姉さま!」

叫んでしまうと、煙が体内に入り込み、再度強く咳き込んだ。このまま、炎に巻かれ続ければ、先に煙で呼吸困難になり、殺されてしまうだろう。玉真の身も危険だ。一刻も早く助けなければいけない。

金仙を殺されたくない。

このまま、彼女を助けることができないまま、無力感と絶望で心を痛めるようなことにはなりたくない。

だが、眼前の状況がいやがおうにも金仙の生存を揺るがしていく。

悔しくて、泣き叫んでしまいそうだった。眩暈と激痛が走り、こめかみに熱が集う。涙は出てこない。溢れる前に熱風で乾いてしまう。

泣くことすら叶《かな》わないこの身を、玉真は無念を嚙み締めて見つめていた。だが金仙はさらにつらい目にあっているのだ。このような苦痛に負けるわけにはいかなかった。

「玉真公主？」

儚《はかな》い声がした。

玉真は顔を上げ、周囲を見渡す。

――いた。

巨大な木材に囲まれるようにして金仙の身体は投げ出されている。彼女の姿は、さながら鬼に捧げられる供物《くもつ》のようであった。

不幸中の幸いであった。金仙に覆いかぶさるようにして置かれている木材によって、彼女は助けられている。炎はぎりぎりのところで金仙に届いていなかった。

玉真の姿を見つけたのか、煤《すす》で汚れた金仙の頰が僅かに緩んだ。

玉真は金仙のもとに駆け寄ると、木材の中から彼女を助け出す。玉真は金仙へと手を伸ばし、そのまま炎から彼女を護るようにして抱き上げた。

熱風と煙で玉真の視界は薄らいでいる。息が苦しくて、頭も重い。だが、ようやく助け出したのだ。ここで諦めるわけにはいかなかった。

炎の中を突き進んでいく。玉真の鼻を異臭が刺激する。

ようやく炎の合間から日光が見えて、自分たちが助かったのだと息を吐く。後はこのまま走り抜けるだけだ。胸に抱いた金仙の顔を一瞥した。息苦しそうに荒い呼吸をして、瞼《まぶた》を強く閉じている。元々白色に近い唇は、紫色に変化しているように見えた。

体力がぎりぎりのところまで削られている。炎から抜け出したら、すぐにでも治療しなければいけない。

しかし、光を遮るように現れた影に呆然とする。

玉真は決意して、駆ける足をさらに速める。長い髪が熱風で乱れている。

「太平公主？」

呟いて、煙が喉に入り込んで咳き込んだ。

玉真の前に太平公主が待ち構えていたのだ。

「……驚いたわ、まだ生きているのね。やはりあなた自身を排除しないと駄目みたいね。こうなるくらいなら、さっさとあなたから殺しておけば良かったわね、張果があなたから離れている間にでも」

「……あなたの後ろには、他の神仙がいるのですか？」

「変なところは聡《さと》いのね」

「……」

「別に不思議なことではないでしょう。今までの歴史の中、神仙が国の後ろで蠢《うごめ》いていた。私は決してそのものの力を借りているつもりはないけれど、道教がここまで浸透している時点で、国と宗教は離れがたいものになっているのよ」

太平公主がつまらないように口にする。そして童女のように首を傾げながら言った。

「でも今は正直な話、心が高揚しているのよ。そんなものとは関係なく、あなたを私の運命から排除したい。……ああ、やっぱり入道の儀式の晩、あなたに会ったときに殺してしまえばよかったのかしら。でもここまであなたが育つのをずっと待っていられたのだから、やっぱり殺さなくて正解だったのかしらね？」

強い勢いで揺れる炎の中にも関わらず、太平公主の唇が滑らかに動く。

玉真が疑問に思うより先に、太平公主の身体が動いた。

その手に握られたのが佩刀《はいとう》であることに気付いたとき、できるだけ火の届いていない場所へ跳躍し、玉真は反射的に金仙の身体を放り出した。

それで精一杯であった。玉真もまた体力が削られていた。鈍い動きで、太平公主の姿を視界に捉えながらも攻撃を避けられなかった。

腹に鈍い感触がある。急に生じた熱に玉真は驚いた。同時に、みるみるうちに身体から力が抜けていった。身体を支えきれない。自分の意識を無視して痙攣する足を、まるで他の生き物のように視界の端で観察しながら、玉真はその場に崩れ落ちる。

佩刀が玉真の身体を刺し、ゆっくりと引き抜かれたのだ。冷たい刃の感触が、玉真の内部を傷つけるたびに激しい痛みが襲いかかる。

「玉真公主、そんな……」

呆然と震える金仙の声が聞こえた。

視界がぼやけていく。痛みで涙が零れ落ちようとするが、熱風ですぐに乾いていく。

「太平公主？　どうして？」

金仙の声が横で聞こえた。

「皇太子側についた以上、二人には死んでもらわないと困るのよ。神仙たちの手前、本当は玉真公主には、飼い殺しくらいにしたかったのだけれど」

太平公主が浅く吐いた息には、悲しみの念が込められている。

「早いか遅いかの話だし、申し訳ないけれど、ここで死んでもらうわ。私の謀叛も止められないまま、ここで死ぬなんて、さぞや無念でしょうね」

無情に言い放つ太平公主の表情にはもはや何も浮かんでいない。

死ね、と告げられて、おとなしく死ぬような性格ではない。玉真は腕に力を籠めて立ち上がろうとする。しかし、うまくいかない。力を籠めようとした先に、力が身体から抜け落ちてしまうのだ。

「玉真公主、血が……」

金仙の泣くような叫びに、玉真は自分の身体を見る。

軽傷のようだ。これならば反撃できる。

「いや、やめて、動かないで、血が、たくさん血が」

金仙が激しく泣きじゃくりながら首を振っている。

——大丈夫。たいした怪我じゃないわ。

赤は炎の色だ。火の粉が弾《はじ》け飛んでいるが、それだけだ。

黒い色の混じった血色など、どこにも見えない。

玉真は腕に力を籠めた。立ち上がろうとする。それでも、足も腕も指一本動かすことができない。それどころか、体中から力だけではなく、感覚も抜け落ちてしまっているようだった。

視界が薄暗くなる。

「ごめんなさいね、奇跡も起こさずにこのまま死んでちょうだい」

——死ぬ、私が。

玉真は虚無感で胸が浸されていくのを感じた。自分が死んでしまう、このような所で。姉も助けられず。現実味のない話に、恐怖がじわじわと這《は》い寄ってくる。実感がわかない、けれども、実際に身体は動かない。

血など出ていないのだと思い込んでいるのに。

傷は深くないはずだと思い込んでいるのに。

玉真は力を振り絞って太平公主を見上げる。酷薄な双眸が光り輝いていた。

死にたくない、どうして。

金仙も護ってあげなければいけないのに。

このまま死にたくないと。

薄らぐ視界で遠くなる意識で、必死に懇願した。

「だって私は姉さまを助けたい！」

腹の奥底から叫ぶ。

「たとえこの世界がどうなろうが、私自身がどうなろうが、姉さまを助けたいのよ！」

——もう迷うものか。

自分の存在が姉を殺す運命となるのであれば、その存在である自分自身すら殺してみせよう。姉を殺そうとする者はすべて排除してみせる。弱音をを吐く、自分の人間としての部分などいらない。

——何もかも捨ててみせる！

その瞬間、心の底で何者かが呼びかける。

——そのために僕の力がいるかい？

ふと、聞き馴染《なじ》みのある声が聞こえた。頭に昇った血が引いていく。

『その言葉だけで十分だわ。冷静になれました』

——頭は冷えたかい？

その声に玉真はうなずいた。

『ええ、月と星の動きを見れば、今がどれだけ時間が経ったのかわかります』

——そう、それなら計画通り、動くことができる？

『ええ、大丈夫です』

——それなら良かった。

そっと頭が撫でられた感触を覚える。

——私にできるのは天候を読むことだけ。

ふっと意識が浮上する。心の内に淀んでいた汚濁が溶け込んで、身体を巡っていくようだった。力がみなぎる、とは異なる。痛みも感覚も、どこか遠いもののように思えてきた。自分という存在から別離していくようであった。

あれだけ動かなかった身体が今では軽くなっている。ゆっくりと立ち上がり、玉真は太平公主を見据えた。

太平公主は愕然とした表情で唇を震わせている。信じられないと唇は動いたようであった。

「馬鹿な……なにが……だって、さっきまで……」

──このくらいのことなら力を貸してあげよう。だって演出は派手なほうがいいだろう。

──いいのですか。

──構わないよ。僕が満足できるほどの心を見せてくれた礼のようなものだ。

軽やかな声に玉真は小さく笑った。

ふわりと玉真の身体がいっそう軽くなる。

おかしな感覚だ。景色がいつもより低くあるように感じる。太平公主を見るときですら、見上げなくてもいい。腕や足は、薄く、赤く燃え滾《たぎ》る炎に包まれているようであった。透き通った軽君《けいくん》を腕に巻いている。玉真は首を傾《かし》ぐ。自分の身体がおかしい気がする。自分の体重など存在しないと勘違いしてしまうくらいに身体が軽い。

そう玉真の身体が宙に浮いているのだ。

――これが神仙……張果さまの力。人を浮かべることができるなんて。

玉真は心の中で張果に礼を言いながら、金仙へと視線をやる。

「あなた……まるで魏華存のようだわ」

玉真の下にいる金仙が、浮かび上がった玉真を見上げて唖然《あぜん》とした表情で呟いた。

「道教、上清派の始祖であり、不老不死の存在、まさしく奇跡そのもの」

呆然とそのまま言葉を続ける。

上の方で勢いよく燃える炎によって木材が崩れ落ちた。玉真は少しだけ頭上を仰ぐ。

すると強風が吹いて、倒れる大木の位置がずれる。自然の力に見せかけた張果の力に苦笑してしまう。

ふと見下ろすと、心配そうな金仙の視線が合った。

金仙公主。

大切な姉。

だが、本当に大切に思っていたのだろうか。

やはり心のどこかで死んでしまえばいい、と考えてしまっているのではないだろうか。

『いいえ、そんなことないわ』

――今ならはっきりと言葉にできるのだ。

見捨てない。

死なせない。

その想いは、強く、強く心のうちに満たされているのだ。

――持盈、あとは任せてもいいよね。

張果の声が遠くから聞こえた。微《かす》かだけれども、力強い声だった。

消えてなくなりそうだった意識がしっかりと繫《つな》ぎとめられていく。そう、張果はすぐ傍にいる。ずっと玉真の本当の覚悟が決まるのを待っていてくれたのだ。

彼の想い、張果の信頼に応えなければいけない。

ならば玉真はなすべきことをしなければいけない。

金仙を助けるのだ。

大切な姉を。

春を告げる燕をくれた、あの優しい家族を助けたい。

姉のおかげで玉真の心は救われた。暗く、翳《かげ》っていた心にも、暖かな春が訪れたのだ。

今度は玉真が金仙の心に春を呼び込む番だ。

そろそろ雨が降りそうだ。道観を燃やし尽くす炎を消さなければ。そうすれば、それを奇跡に見せることができる。既に状況は整っていた。

あとは頃合いを見て演技するだけだ。それだけで、まるで玉真がそうしたように見せかけることができる。

だが、たくさんの人が見ている前でそれをすれば、本当に後戻りができなくなるだろう。

恐怖はまだ残っている。

「玉真公主、私、怖くはないわ」

声が聞こえた。

玉真はゆっくりと声のしたほうへ首を向ける。爆ぜる炎に、飛び交う火の粉、荒ぶる熱気に頬を焼かれながら、長い髪を乱しながら、それでも金仙は笑っていた。

肌は煤で汚れて、見える部分は蒼《あお》く透き通るほどに生気が失われている。それでも、彼女の眼差しは希望を持ち続けている。周囲で燃える炎よりも滾る感情を内に秘めている。

白かった唇は火に炙《あぶ》られ、薄皮すらめくれている。端正であった眉も焼け焦げていた。目を彩るような眉毛もそのほとんどが焼けてしまっている。穢《けが》されていない箇所などどこにもない、黒く汚れていない箇所などどこにもない。

それでも金仙は玉真に向かって笑っていた。

ざぁと風によって炎が煽《あお》られる。

鮮やかな紅色に照らされて、幼いときの金仙の笑顔と、必死で強く笑む眼前の彼女の笑顔が重なった。

——きっといつか春は来るわ。

「それでも、春が来ないというのなら」

金仙のひびわれた唇が緩やかに動く。

私が連れてくるわ。

あなたと一緒ならば、何だってできるもの。

怖くなんて、ないから。

金仙はない力を振り絞るかのように、ゆっくりと手を伸ばす。玉真は自分のものでないような身体を動かして、ゆっくりと彼女に近づいていく。

道観を焼き尽くす暁色の中で、金仙の手が、浮いている玉真の足に触れようとする。だが届かない。彼女の手は力をなくして、地面へと落ちていく。

瞬間、玉真が金仙の手を強く握り締めた。

炎の熱など大したことない。それ以上の熱が、彼女の手のひらから感じられるからだ。

玉真の目から涙が零れ落ちて、すぐに乾いていく。それでも次から次へと溢れんばかりに涙が頬を伝っていく。顎へ触れる前に熱気に吹かれて乾燥していった。

「私はあなたを助けます」

炎の中、微笑む。

「神仙として絶対に。あなたが死ぬ運命から救ってみせる」

その言葉に応じるかのように雷が鳴った。

——私にできることは天候を読むことだけ。それでも、この力を奇跡のように見せかけて私は人でありながら神仙になるわ。そしていつまでも姉さまを護り続けるの。

「時は来たようね」

そう、嵐が来るのだ。

空は明るいのに煙が混ざった青色の空が広がっているのに強い雨が降り注いだ。叩きつけるような雨は道観を燃やしていた炎をかき消していく。

ざぁざぁ、とひとつずつ炎の塊を押し潰すかのように。

大きな水の塊が邪《よこしま》に燃え滾る炎の勢いを弱めていく。

耳に残るような大きな雨音が永遠に続くかのように周囲へと響いていく。

その音もやがて小さくなって、後は燻《くすぶ》る煙が空へと立ち昇っていくばかりであった。

熱気も火の粉も雨と風によって打ち消されていく。

「あ、あははは、な、なによ、これ。なに……」

唖然として虚《うつ》ろな目で笑う太平公主の前に降り立ち、玉真は告げた。

「なにって奇跡です」

——もう大丈夫です。ありがとう、張果さま。

自分を空に浮かせた張果に心の中で感謝しながら、太平公主へと目を向けた。

——私の奇跡ではない。私は結局、偽りの神仙。それでも最後まで騙し切ることができれば私は本物になれるのだ。

「こんなの……こんなのを前に……どうしろと……本当にあなたは神仙になったというの？」

絶望に染められた眼差しで太平公主は玉真を見つめる。

「はい、私は神仙です」

——姉さまを護るためなら何だってなってみせる。

その決意を胸に玉真は太平公主に告げた。

「謀叛はすでに兄さまに知られています」

その言葉に太平公主は愕然として目を大きく見開く。

「兄さまからお言葉を伝えます」

激しい雨にずぶ濡れになりながらも玉真は喉から声を張り上げる。

「このまま喧嘩《けんか》したふりをしましょうと。しかし結局、積み上げられた憎悪の連鎖は、その中心にいる者が潰されたところで終わるはずがない。粛清は必定です」

玉真の言葉が続けば続くほど、太平公主の目から光が失われていく。

「だから太平公主の謀叛は、いつかは起きなければいけない。けれども太平公主だけは生かすと。頃合いを見て、意図的に乱を起こし、そのあとにあなたは殺されたことにする」

「……ふふ……」

「歴史上は闇に葬られるでしょうが、あなたはあなたとして生き続けることを赦《ゆる》すと。兄さまは必ず約束を守ります。そして神仙である私が約束します」

「私に道化を演じろというのね」

吐き捨てるように言う太平公主に玉真は静かにうなずいた。

「ふ、ふふふふ、ふふふふ、いいわ、だってどうせ流されるままに生きてきたんだもの。今更だわ、今更よ……ふふ、ふふふ……」

雨音ともに太平公主の不気味な笑い声が、いつまでもその場に響き渡るのだった。

終章

暖かな風が吹いた。

政平坊《せいへいぼう》に植えられている梅の木が揺れる。そのたびに僅かな数のふっくらとした蕾《つぼみ》が身もだえするように動いた。地面は降り注ぐ日光で温もっている。くるくると舞うように駆けると地面が乾いた音を鳴らした。梅を眺めては、その美しさを堪能している道士や女官が、幸せそうな表情を見せている。

眼前に遠く建っている主《あるじ》のない安国観《あんこくかん》には変わらず多くの道士や女官たち、役人や皇族が行き交っていた。

延和《えんわ》元年、李隆基《りりゆうき》は玄宗《げんそう》として即位した。その一年後、太平《たいへい》公主は謀叛《むほん》を起こし、その一派は排除された。当然、太平公主も処刑された。

そういうことになっているが、そうじゃないことは届いた文で玉真《ぎよくしん》は知っていた。

「その文、何が書いてあったの？」

隣にいた金仙《きんせん》が文を見ようとしたが、玉真はさっと文を袖の中に隠す。

「ふふ、内緒よ、姉さま」

金仙の体調も良くなり、今日は外に散歩しに出ていたのだ。

「久しぶりの外出。太陽の光がすごく気持ちいいの。今日はずっと晴れだといいわね」

そう言った金仙に、玉真は残念だと首を横に振る。

「もう少ししたら雨が降り始めるわ」

途端、ぽつぽつと雨が降り始めた。

気落ちする金仙に玉真がくすくすと笑いながら言う。

「大丈夫よ、すぐに晴れるから」

その言葉通り、雨の勢いが弱まったかと思うと、すぐにからりと晴れ上がった。

雲ひとつない空に、雨の気配が滲《にじ》んでいく。

それを見て「本当だわ」と金仙は表情を緩めた。玉真はそんな彼女の肩を抱きながら空を指差した。

「ほら、見て、姉さま」

澄み渡るような青色の空を、燕《つばめ》が二羽、軽やかな仕草で過《よ》ぎっていく。

耳を打つ燕の鳴き声が、胸を温かくしていった。

「春はもう来ているのだから、今度は梅の花でも見に行きましょう、みんなで」

そう告げて玉真は空を見上げた。

そこには白い驢馬《ろば》に乗った張果《ちょうか》が空に浮かんでおり、玉真たちを優しげな目で見下ろしていた。

「……そこには僕も連れて行ってくれるのかな」

「はい、あの……張果さま」

ものを言いたげに玉真は口を開いたが、すぐに閉じる。

「なに？」

不思議そうな顔をする張果に玉真は微笑みかけた。

「いいえ、何でもありません」

――あなたとの思い出は、既に心の中に。

そんなものをあえて言葉に出す必要はない。

――私が死を目の前にして、くじけずにいられたのはあなたのおかげだったのですね、張果さま。

代わりに満面の笑みを浮かべて玉真は言ったのだった。

「みんなで見たら、きっと梅の花もいっそう色鮮やかに……」


――幼い頃の思い出が蘇《よみがえ》る。

自分に優しくしてくれた人が無惨に殺されたその日、掖庭宮《やていきゅう》に帰れなかった。当時、幼い玉真公主――持盈《じえい》は長安《ちょうあん》のあちこちを歩き回り、ひとりで涙を流していた。やがて疲れ果てて歩くこともできなくなったとき、温かい手のひらが持盈の頭を撫《な》でたのだった。

見上げると、優しそうな眼差《まなざ》しの青年がいた。

「どうして泣いているの、きみ」

——たいせつなひとがうごかなくなっちゃった。

「怖いものを見たんだね。なら忘れさせてあげるよ、その記憶を。僕ならそれができるからね」

——ぜんぶはけさないで。こわいきもちだけ、けして。

「でも、そしたら君は僕のことを忘れてしまうかもね。だって君は僕のことを怖いと思っているからね。でも仕方ない。初対面の人間はなんだって怖いものさ」

——だいじょうぶ、だってやさしいあなたのこと、わすれないわ。こわくないわ。

「そう？　期待していい？　ずっと覚えていてもいいかな？」

——うん、ぜったい。わすれていても、いつかきっとおもいだすから。

「ほんとに？」

——うん、はるのようにあたたかなあなた、ずっとこころのなかにしまっておくね。

「わかったよ。僕にとっての春に君がなれるように、ずっと君の傍《そば》にいるから」

——ええ、やくそくよ。

「そうだね、約束だよ、持盈。君の名前をずっと覚えておくね」

張果は、そんな些細《ささい》な約束を大事にして、ずっと傍にいてくれたのだ。

――神仙なのに、子どもみたいな方なのね。

「どうしたんだい、僕の顔を見つめて、持盈？」

「いいえ、何でもありません」

張果の不思議そうな顔を見ると気持ちが温かくなる。

玉真は、あの頃と変わらない張果の顔を見つめながら、もう一度だけ柔らかく微笑むのだった。

〈了〉

本作品は書き下ろしです。

二見サラ文庫

本作品に関するご意見、ご感想などは
〒101-8405
東京都千代田区神田三崎町2-18-11
二見書房 サラ文庫編集部 まで

偽《いつわ》りの神仙伝《しんせんでん》
——かくて公主《こうしゅ》は仙女《せんにょ》となる

著者 鳥村居子《とりむらいこ》

発行所 株式会社 二見書房
東京都千代田区神田三崎町2-18-11
電話 03(3515)2311 [営業]
03(3515)2314 [編集]
振替 00170-4-2639

印刷 株式会社 堀内印刷所
製本 株式会社 村上製本所

落丁・乱丁本はお取り替えいたします。
定価は、カバーに表示してあります。

ISBN978-4-576-20137-5
https://www.futami.co.jp/